Heinz Pahl

Der Reykafelsen

AF200412

Herstellung und Verlag:
Books on Demand GmbH, Norderstedt

Punkt 4 im 25 Punkte umfassenden Programm der NSDAP vom 24 Februar 1920:
„Staatsbürger kann nur sein, wer Volksgenosse ist. Volksgenosse kann nur sein, wer deutschen Blutes ist, ohne Rücksichtnahme auf Konfessionen. Kein Jude kann daher Volksgenosse sein."

Adolf Hitler schrieb in „Mein Kampf":
„Mit dem Juden gibt es kein Paktieren, sondern nur das harte Entweder – Oder."

Bibliographisch Information der Deutschen
Nationalbibliothek.
Die Deutsche Nationalbibliothek
verzeichnet diese Publikation in
der Deutschen Nationalbibliographie;
detaillierte bibliographische
Daten im Internet über
http://dnb.d-nb.de abrufbar.

Neuauflage 2017
Copyright © 2017
by Heinz Pahl
Coverfoto: Heinz Pahl

Herstellung und Verlag:
BoD – Books on Demand, Norderstedt

ISBN 9 783744 818469

Dieser Roman spielt zum größten Teil in der Elbe-Weser-Region Deutschlands. Über die Einbindung von konkreten geschichtlichen Ereignissen und Personen hinaus, habe ich mir bei dem Handlungsablauf gewisse Freiheiten erlaubt. Die Hauptperson sowie alle anderen Personen und Geschehnisse sind fiktiv. Jede Ähnlichkeit mit tatsächlichen Ereignissen oder mit lebenden, beziehungsweise verstorbenen Personen ist rein zufällig.

INHALT

NICHTS NEUES UNTER DER SONNE

Es gibt nichts Neues unter der Sonne. Jede Wirkung hat ihre Ursache. Jedes aktuelle Ereignis hat seinen historischen Hintergrund. Als Kain seinen Bruder Abel erschlug, waren die Auslöser für diese Tat Neid, Missgunst und Zorn. Die Sünde konnte über ihn herrschen. Wie viel besser wäre es ausgegangen, wenn er über die Sünde geherrscht hätte. So schreit das Blut von unzählig vielen Menschen durch die gesamte Menschheitsgeschichte hindurch von der Erde zu Gott. Opfer, die ohne Sinn waren. Immer nur ein Haschen nach dem Wind und am Ende blieben Trauer, Schmerz und Verzweiflung. Unendliches Leid, das keinen Trost fand.

Wie oft versuchen die Menschen dem mächtigen Unsichtbaren zu gefallen. Ihre Opfer sollen ihn gnädig stimmen und ihr Weg soll der Weg zum Allerhöchsten sein. Doch sie laufen nur in die Irre, und ihre Opfer bringen nicht zum Ziel, sondern sind am Ende ohne Hoffnung.

DAS OPFER

Reepenstein, damals noch Reepensteen, war ein Sachsen-Go, eine Ansiedlung gewesen, zu dem etwa einhundertzwanzig Bauernhöfe gehörten. Sie verteilten sich weit über die heutige Ortsgrenze. Der Sachsen-Go Reepensteen gehörte zum Mosidi-Gau, dessen Mittelpunkt etwa bei Hollenstedt lag und dessen südliche Grenze die obere Wümme bildete.

Die Besitzer dieser großen Höfe waren stolze, freie Sachsen gewesen, die sich keinem unterwerfen wollten. Weder Karl dem Großen, noch irgendeinem anderen Menschen, der ihnen das Christentum bringen wollte. Ihre wichtigsten Götter hießen Thor, der Donnergott, und Sachsnot, der Schwertgott. Manch ein weißer Hengst wurde für Thor geopfert und manch ein Mensch aus den Reihen der Gefangenen und Sklaven. Wenn es sein musste, kamen selbst die eigenen Leute dran.

Viel Blut muss vom Reykafelsen in die Reyka geflossen sein, um Thor, dem Donnergott, die Ehre zu geben. Er war ihr Hauptgott. Die Legende berichtet, als das Frankenheer im Anmarsch war, und alle freien Männer mit ihren Waffen am Reykafelsen versammelt waren, verlangte der Sachsenedling Legumind ein Opfer. Stolz und aufrecht stand er vor seinen fast dreihundert schwer bewaffneten Männern. Mit lauter Stimme, über die Köpfe seiner Krieger hinweg, forderte er das Opfer für Thor.

„Es muss ein reines Opfer sein, damit Thor uns mit seinem wütenden Donner wie einen feurigen Gewittersturm über die Franken kommen lässt. Nur er kann unser Schicksal wenden. Ohne ihn gehen wir verloren. Ohne ihn werden wir keinen Sieg haben!"

Kraftvoll bewegte er sich auf dem Reykafelsen, drehte sich einmal um die eigene Achse und schritt die Fläche des Opfersteines ab, fast genau fünf mal fünf Meter im Quadrat. Am äußersten Rand nach Westen blieb er stehen und hob sein Schwert in die Richtung, aus der der Feind heranmarschierte. Ein vielstimmiges Gejohle erhob sich, das sich schließlich zu einem einzigen Namen ausformte:

„Aase! Aase! Aase!", klang es aus den Kehlen der Männer.

Legumind erstarrte und seine Gesichtszüge wurden so hart wie der Stein, auf dem er stand. Nein, nicht Aase! Sein Herz krampfte sich zusammen. Sein Gesicht wurde bleich wie die Mondsichel hinter dem Morgennebel. Seine Schultern sackten herunter und sein Blick, der auf die johlenden Krieger fiel, schien zu ermüden. Als er Aase vor knapp zwei Jahren hoch im Norden aus der Nähe von Hedeby raubte, war sie für ihn nur eine Sklavin. Arbeiten sollte sie auf seinem Hof, wie die anderen Sklaven. Doch dann verliebte er sich in ihre hellen Haare, die wie goldene Wellen über ihre Schultern fielen.

Er verliebte sich in ihre makellose Haut, die wie weiße Seide in der Sonne schimmerte. Er liebte ihren sanften Gang und das unergründliche Blau ihrer Augen.

Sie wich seinem Blick niemals aus. Als sie endlich in seinen Armen lag, wusste er, dass diese Frau für ihn bestimmt war, dass er sie gesucht und gefunden hatte, und dass niemand mehr sie eine Sklavin nennen durfte.

Jetzt forderten seine Männer ihren Tod, oder war er es gar selbst, der ihren Tod gefordert hatte, als er ein makelloses Kriegsopfer für Thor verlangte? Eisige Stille hatte sich auf die erwartungsvolle Schar kriegserprobter Sachsen gelegt. Mit unnachgiebigem Blick musterten sie ihren Anführer. Legumind sah es ihnen an. Nicht einer würde von seiner Forderung zurücktreten.

Schließlich brach es aus ihm hervor: „Holt Aase! Holt sie endlich!" Es klang nicht wie ein Befehl, sondern eher wie der Aufschrei einer gequälten Seele.

Ein paar Männer stürzten eilfertig davon. Legumind blieb stumm und unbeweglich auf dem Reykafelsen stehen. Das einschneidige Schwert, der kurze Sax, lag ihm schwer in der rechten Hand. Nach einiger Zeit sah man die Gruppe Krieger zurückkommen. Aase schritt in ihrer Mitte. Das Haupt erhoben, und schon von ferne blickte sie unverwandt auf Legumind, den Mann, dem sie gehörte, im Leben wie im Tod.

Ihre Hände hatte man mit Lederriemen auf den Rücken gefesselt. Am Opferstein angekommen, hob man sie mit einem schnellen Griff hinauf zu Legumind, der seinen Blick nicht von ihren Augen abwenden konnte. Er versuchte Worte zu formen. Es gelang ihm nicht.

Ohnehin sah er ihr an, dass sie alles wusste, und dass sie keine Sekunde zögern würde, sich in seinen Willen zu begeben. Legumind schnitt ihr die Fesseln durch. Ganz sanft, so wie immer, legte er seinen linken Arm um ihre Schultern. Unmerklich nickte sie ihm zu. Er spürte, dass ihr Atem ganz ruhig ging. Die Männer waren in gespanntem Schweigen verstummt. Er richtete seine Augen zum Himmel.

„Allmächtiger Thor!", rief er mit lauter Stimme. „Nimm dieses Opfer an und gebe uns den Sieg über die verhassten Franken, die unser Land rauben und unser Volk töten. Erweise deine Macht als der Starke und Siegreiche!"

Bei den letzten Worten stieß er Aase, seiner geliebten Aase, das kurze Schwert mitten ins Herz. Als er die junge Frau auf dem Opferfelsen ablegte, war ihm, als hätte er sich selbst getötet.

„Aase, meine einzige Liebe, was habe ich getan?" Er wollte seine Tat selbst nicht fassen. Doch seine Worte gingen unter in dem Kriegsgeschrei seiner Männer. Schnell wurde Holz herbeigeschafft, um das frisch getötete Opfer als Brandopfer zum Himmel zu schicken.

Inzwischen hatte sich der Himmel mit dunklen Wolken überzogen. Ein Blitz zuckte hernieder, dem Sekunden später ein Furcht erregender Donner folgte. Die Krieger schauten verstört zum Himmel. War ihrem Gott das Opfer nicht angenehm?

Ein Sachse zündete den Holzstoß an. Innerhalb kurzer Zeit schlugen mächtige Flammen zum Himmel, die den Körper der toten Frau zu fressen versuchten.

Der Leib des Opfers sackte in sich zusammen. Doch ehe er völlig von den Flammen aufgezehrt werden konnte, platzte ein gewaltiger Regenschauer über den Reykafelsen und die umstehenden Sachsenkrieger. Die Flammen verlöschten, und zwischen den verkohlten Holzscheiten lag eigenartig verkrümmt, die schwarz verbrannte Leiche der Nordländerin. Der rechte Arm ragte wie in einer beschwörenden Geste gen Himmel.

Die Männer hatten sich noch nicht ganz aus ihrer Erstarrung gelöst, als um sie herum die Franken aus der Deckung des Kiefern- und Tannenwaldes hervorbrachen. Die Übermacht war erdrückend. Trotz des heldenmutigen Kampfes der Sachsen lichteten sich ihre Reihen wie ein Kornfeld, in das die Sichel hineinfährt. Zum Schluss waren es siebenunddreißig Sachsenkrieger, die übrig blieben. Unter ihnen Legumind. Nach einem Marsch von zwei Stunden wurden sie in das Heerlager der Franken gebracht. Man nahm ihnen die Fesseln ab und gab ihnen zu trinken.

Legumind konnte nicht verstehen, dass man sie nicht schon längst niedergemacht hatte. Spät am Abend ließen seine Bewacher einen Mann in einer braunen Kutte durch. Er beherrschte ihre Sprache und begann ihm von dem Gott der Franken zu erzählen. Legumind überlegte immerzu, wo dieser Mann seine Waffe tragen könnte. Er brauchte eine Waffe. Ein Schwert oder wenigstens ein Messer. Das würde ausreichen für seinen eigenen Tod; denn einen Sinn sah er nicht mehr in seinem Leben. Wozu auch?

Den Menschen, für den es sich zu leben gelohnt hätte, gab es nicht mehr, und der Name Aase brannte immer wieder wie ein feuriger Pfeil in seinen Gedanken. Wie würde er ihn jemals anders auslöschen können als durch das Gericht, das er selbst an sich vollzog. Die Götter hatten es ihm nicht vergönnt, in der Schlacht den Tod zu finden. Bis auf wenige Krieger hatten alle Männer im Kampf gegen die Franken den Tod gefunden. Im Sachsen-Go Reepensteen fehlten nun die Männer, die Verantwortung für ihre Höfe getragen und den Schutz für ihre Sippen garantiert hatten. Wird man die Frauen, die Kinder und die alten Leute jetzt auch töten oder sie als Sklaven verschleppen. Es schien keine Zukunft mehr zu geben. Schuld und Versagen hatte ihr Anführer über sie alle gebracht.

Bruder Ortfrid, der Benediktinermönch, trat etwas näher heran. Der Sachse krümmte sich zusammen, so, als wollte er sich vor dem Mann in der braunen Kutte klein und unsichtbar machen. Der Mönch stand ganz ruhig vor dem Sachsenführer.

„Gott liebt dich", sagte er mit einer Stimme, die keinen Hass in sich trug, „und er möchte deine Seele heilen und retten", fuhr er fort.

Legumind hob leicht den Kopf und sah in die graugrünen Augen eines Mannes, dessen Gesicht wie ein frisches Lächeln auf ihn wirkte. Bruder Ortfrid erwiderte seinen Blick. Legumind schüttelte den Kopf.

Wie ein Stöhnen brach es aus ihm heraus: „Es gibt keinen Gott, der mir noch helfen kann. Der Tod ist schon in mir!"

Dann wendete er sich zur Seite und schwieg. Die Lippen zusammengepresst, so, als bereute er die Worte, die er ausgesprochen hatte. Der Mönch ließ sich nicht abweisen. Er trat noch einen Schritt auf Legumind zu und legte ihm ganz sanft seine rechte Hand auf den Kopf. Der Sachse zuckte leicht zusammen. Doch er ließ es geschehen. Seine Mutter war die letzte gewesen, die ihm mit dieser Geste Trost und Mut zugesprochen hatte. Vierzehn war er damals. Einen Tag und eine Nacht lang hatte er die Wälder durchstreift und kam dann am frühen Morgen ohne Beute, erschöpft, müde und zerrissen auf dem Hof an. Er bemerkte wohl das verständnisvolle Grinsen der Knechte, die den Misserfolg des Jungen seinem Alter und seiner mangelnden Erfahrung zuschrieben. Das tat weh. Jetzt fühlte er die Hand des Franken auf seinem Kopf, und der Gedanke an seine Mutter, dieser stolzen, aber auch warmherzigen Frau, wurde schmerzhaft lebendig in ihm. Plötzlich hörte er den Mann über sich sprechen, und die Worte flossen wie Öl in sein Inneres und salbten seine Seele.

Er konnte sich hinterher nicht an jedes einzelne Wort erinnern, doch der warme Strom, der von den Haarspitzen bis zu den Fußspitzen lief, den wird er niemals vergessen können. Es war, als wollte dieser Strom nie enden. Er hörte den Namen „*Vater*" und „*Jesus*" und „*Heiliger Geist*" und das „*Blut von Golgatha für alle Schuld*", und er merkte, wie seine Seele aufweichte und ein Strom lautloser Tränen über sein Gesicht lief. Und jede Träne trug den Namen Aase. Nie zuvor hatte er geweint.

Der Tapfere, der Krieger, der Anführer. Er vermochte es selbst nicht zu erfassen, warum gerade ihm Tränen aus den Augen liefen, die er nicht aufhalten konnte. Doch danach konnte er wieder atmen. Tief durchatmen und seine Seele schien ihm frei, als wäre ein großer Stein herabgerollt und mit ihm alle Schuld, die sein Leben belastet hatte.

Durch den Benediktinermönch Ortfrid war ihm Gott begegnet. Fast gierig atmete er den frischen Abendwind in sich hinein wie ein Verdurstender, der viel nachzuholen hatte, und als er sein Gesicht dem Franken wieder zuwenden wollte, war dieser schon gegangen. Auch in den nächsten Tagen blieb dieses Gefühl von Freiheit und Hoffnung in ihm, und als er anfing zu zweifeln, hatte er in der darauf folgenden Nacht einen deutlichen Traum, an dessen kleinste Einzelheit er sich am nächsten Morgen noch erinnerte, und es schien ihm, als liefe dieser Traum noch einmal vor seinem geistigen Auge ab.

Wilde Wolken rasten im Halbdunkel am Himmel entlang. Der Sturm peitschte sie wie feurige Rosse, die nicht wussten, wohin sie hätten fliehen können. Er kniete auf einem Hügel nahe der Reyka. Wie durch einen inneren Drang hob er seine Augen zum Himmel empor.

Eine Vision zeichnete sich vor seinen Augen ab. Da war vor ihm das Kreuz, an dem Jesus Christus hing. Am Fuße dieses Kreuzes kniete er und umklammerte den Stamm. Er sah die Nägel, die sie dem Gottessohn durch die Füße und Hände geschlagen hatten. Dann sah er das Haupt Jesu. Die Dornenkrone, die sie ihm auf den Kopf und über die Stirn gepresst hatten.

Das Blut, das herunterfloss und sich am Kreuzesstamm seinen Weg zur Erde suchte. Doch bevor es
im Boden versickerte, wurde er ganz davon einge-
hüllt und sein schmutziger, schuldbeladener Körper
verwandelte sich in ein Weiß ohne Flecken, völlig
makellos. Schließlich blickte er in die Augen seines
Erlösers. Es war Liebe, die reine Liebe, die sich mit
seinem Blick verband. Kein Hass, kein Zorn und
keine Gewalt waren darin zu erkennen. Eine Liebe,
die ihm alles vergab und keine Schuld mehr an ihm
fand.

„Jesus! Jesus! Jesus!", musste er immerzu ausru-
fen. Ein Name, der tief in sein Herz drang und für
ihn zum Namen über alle Namen wurde.

Er schämte sich zutiefst und wusste zugleich, dass
der Gott der Christen ihm alle seine Schuld bezahlt
hatte durch den eigenen Sohn, Jesus Christus. Der
trug jetzt seine Vergangenheit, seine Gegenwart und
seine Zukunft als eine lebendige, ewige Hoffnung.

Er konnte es plötzlich fassen, begreifen und
verstehen. Der Heilige Geist hatte ihn in alle
Wahrheit geführt. Bruder Ortfrid war noch viele
Tage mit ihm zusammen und lehrte ihn die Schrift,
das Wort Gottes, und all das, was ein Benediktinermönch wissen muss. Mit unendlich viel Geduld
ging er immer wieder auf seine Fragen ein und es
verging kein Tag, an dem sie nicht miteinander
beteten. Eines Tages, nach dem Morgenmahl, kam
Bruder Ortfried, ausgerüstet mit seiner grob gewe-
ten Umhängetasche und einem mannsgroßen Wan-
derstab zu Legumind. Der Sachse ahnte schon, was
kommen würde und Traurigkeit wollte sich seiner
bemächtigen.

Doch Ortfrid schüttelte den Kopf.

„Lass es gut sein, Bruder Legumind. Es ist die Zeit, dass ich gehen muss. Der Herr wird mit dir sein alle Tage, und du wirst in seinem Namen das Werk des Glaubens vollbringen."

Der Benediktinermönch legte ihm noch einmal die Hände auf und segnete ihn. Dann umarmte er ihn als seinen Bruder in Christus und ging ohne ein weiteres Wort. Legumind schaute ihm nach, bis ihn der Eichenwald verschluckt hatte. Sieben Jahre später war unter der Leitung des Benediktinermönches Legumind auf dem Hügel an der Reyka eine wuchtige Kirche mit einem prachtvollen Innenleben entstanden. Es war genau der Platz, an dem sich der Sachse in seiner Vision verzweifelt an den Kreuzesstamm geklammert hatte.

Vom Kirchengebäude aus blickte man auf die Reyka, die sich mit ihren Wassermassen in einem fast rechtwinkligen Bogen nach Norden wälzte. An der Krümmungsspitze des Flusses krallte sich, nicht weit vom Ufer entfernt, der wuchtige Opferfelsen in die Erde. Ein geschichtlicher Zeuge, über dessen Kanten so viel unschuldiges Blut geflossen und in der Erde versickert war. Für Legumind blieb dieser Opferstein Zeit seines Lebens eine Warnung, dem Christengott als dem Gott der Liebe und des Friedens zu folgen und keinem anderen Gott sonst.

Bis zu seinem Lebensende diente er in der Kirche an der Reyka und führte jahraus, jahrein unzählige Menschen zu einem persönlichen Glauben an Jesus Christus. Diese Menschen zu begleiten, und sie zu ermutigen, im Glauben an dem lebendigen Gott festzuhalten.

Dies wurde zu seiner vornehmsten Aufgabe, die er immer wieder durch sein Leben in Wort und Tat zu unterstreichen wusste. Über sein Sterben und seinen Tod weiß die Chronik nichts zu berichten. Doch zurück blieb sein Werk, das den Ort Reepenstein über viele Jahrhunderte geprägt hat. Bis heute.

Die Legumindkirche steht noch auf dem Hügel an der Reyka. Über die Jahrhunderte hinweg hat sie ihr Gesicht immer wieder verändert. Etwas Romanik. Etwas Gotik. Geschichte hinterlässt ihre Spuren. Um die Jahrhundertwende 1900 fiel der Holzturm der Legumindkirche einem Feuer zum Opfer.

Die Chronik spricht von Blitzeinschlag oder gar Brandstiftung während eines heftigen Gewitters. Manch einer munkelte, dass der Oelkers-Bauer etwas damit zu tun gehabt haben könnte. Seine schöne Wiese hatte man für einen Spottpreis zum Gottesacker gemacht. Doch bewiesen wurde es nie. Nun liegt er selbst schon sehr lange begraben in seiner eigenen Wiese. Das Jüngste Gericht wird wohl erst die ganze Wahrheit ans Licht bringen.

Als man den Turm dann wieder aufbaute, diesmal aus soliden Backsteinen mit einem Kupferdach, erhielt er durch den Jugendstil der Jahrhundertwende seine unverkennbare Prägung. Bei aller Veränderung. Eines war über die Jahrhunderte geblieben. Der Name. Legumind, der Begründer der Kirche. Sie war weithin bekannt, die Legumindkirche. Ein Lehrstück architektonischer Bauepochen. Eine Kirche mit Geschichte und Tradition.

Immer häufiger kamen Reisegruppen in Bussen, um einen Nachmittag in dieser reizvollen Kleinstadt zu verbringen.

Eine geschichtsträchtige Ortschaft am Rande der Lüneburger Heid. Und vor dem Kaffeetrinken in der Marktkonditorei gehörten die Kirche, der Reykafelsen und die alte Wassermühle zum festen Besichtigungsprogramm. Besonders die älteren Menschen genossen die gut ausgebauten Wanderwege an der Reyka entlang, um die Kirche herum, von wo man über eine abwärts führende Treppe aus festen Granitstufen ans Ufer der Reyka zum Opferfelsen gelangte, der grau und majestätisch an der Reyka lagerte.

Aus wie viel Jahrtausenden vermochte er seine Geschichte mit den Menschen zu berichten. Wie viel Blut war von diesem Stein heruntergeflossen. Meist standen die Besucher stumm erschauert vor dem Koloss, wenn sie von dem Leiter des örtlichen Heimatvereins hörten, wie eng die Geschichte dieses Opfersteins mit der Geschichte der Reepensteiner Kirche und mit dem Sachsenedling Legumind verknüpft war.

Wenn auch vieles immer wieder in diesem Ort dem zeitlichen Wandel unterlag, der Reykafelsen blieb unverrückbar an seinem Platz. Gleich einem Symbol für das Unabänderliche der Geschichte in Vergangenheit, Gegenwart und Zukunft, füllte er die Niederung der Reykakrümmung aus, nicht weit vom Stauwehr, das stets genügend Wasser staute, um das riesige Mühlenrad der alten Wassermühle anzutreiben.

Ganz nahe an den Reykafelsen heran ragte die südliche Begrenzungskante des Mühlenseeplatzes, auf dem im Herbst Würstchenbuden und Karussells aufgebaut wurden.

Besonders wenn Herbstmarkt war, kletterten allzu gern übermütige Jugendliche auf den Reykafelsen und vollführten ihre tollkühnen Tänze.

Einmal im Monat fand auf dem Mühlenseeplatz und in den angrenzenden Straßen ein großer Verkaufsmarkt statt. Händler aus den umliegenden Orten, ja selbst aus Hamburg und Bremen, rollten schon frühmorgens mit ihren Verkaufswagen an, um einen guten Stellplatz zu bekommen.

Die Geschäfte am Ort hatten es gut. Ihr Weg war nicht weit, um die Verkaufsstände aufzubauen. Mittwoch war Markttag. Immer der letzte Mittwoch im Monat. Gegen neun Uhr wimmelte es schon von Menschen zwischen den zahlreichen Buden und Verkaufsständen. Manch einer kam nur, um zu schauen oder hier und da ein paar Worte zu wechseln, um dann endlich nach etwa zwei Stunden den Markt mit einem Kilo Äpfel aus dem Alten Land wieder zu verlassen.

So entwickelte sich der Mühlenseemarkt auch zu einer Börse allerneuester Informationen. Diese wurden meist am Reykafelsen ausgetauscht, nachdem man, wie in alten Zeiten, ein größeres Geschäft mit Handschlag besiegelt hatte. Keiner wusste so recht, warum man für diesen Handschlag an den Reykafelsen ging. Es war einfach so.

FAMILIE SCHNEIDER

Samuel Schneiders Geschichte beginnt in einer besonderen Weise am 9. November 1938 in Berlin. Genau an dem Tag war sein Geburtstag. Er wurde vierzehn Jahre alt. Er erlebte diesen Tag als einen Tag des Hasses und der Angst. Es gab so viel zerbrochenes Glas an diesem Tag, und Scherben auf den Straßen und Gehwegen, und man konnte das Schreien der Menschen hören. Auch das Schreien kleiner Kinder. Grauhaarige Männer und Frauen eilten verstört an den Häuserfronten entlang. Immer wieder hörte man das hämische Brüllen und Fluchen der SA-Männer, die Menschen durch die Straßen schleppten, sie vor sich hertrieben und auf sie einschlugen. Jüdische Kinder, Frauen und Männer jeden Alters. Es wurde kein Unterschied mehr gemacht.

Schaufensterscheiben klirrten immer wieder und Verkaufsartikel und andere Gegenstände flogen aus den Geschäften der Juden auf die Straße. Die Synagogen wurden angezündet. Der Feuerschein flackerte gespenstisch durch dicke Qualmwolken in den dunklen Abendhimmel hinein. Die Synagoge in der Fasanenstraße in Berlin brannte völig aus. Die Synagoge in der Oranienburger Straße stand in Flammen. Am Ende meldete der Chef des Reichssicherheitshauptamtes Reinhard Heydrich: *Es sind im Ganzen 191 Synagogen durch Brand zerstört, 76 Synagogen demoliert, 7500 zerstörte Geschäfte im Reich.* Es gab keine Zurückhaltung mehr. Nun konnte die Judenhatz so richtig beginnen.

„Kommt, so kommt doch, wir dürfen nicht stehen bleiben!", drängte Dr. Josua Schneider, Arzt für Allgemeinmedizin, immer wieder, als sie durch die dunklen Nebenstraßen von Berlin-Niederschönhausen eilten.

In der Ferne sahen sie den Feuerschein am nachtschwarzen Himmel zucken. Die Macht des Bösen hatte sich über Berlin gelagert und schlug unerbittlich zu. Endlich hatte der Arzt mit seiner Frau Lea und seinem Sohn Samuel die Körnerstraße erreicht. Die Körnerstraße, nicht weit vom Straßenbahndepot Niederschönhausen entfernt, war eine ruhige Straße. Eine Sackgasse, an deren Ende man durch eine unverschlossene Pforte in eine Schrebergartenkolonie entweichen könnte. Doch das war nicht die Absicht.

„Hier ist es", flüsterte Josua Schneider. Sie standen vor einem ruhig wirkenden, dreistöckigen Gebäude mit Jugendstilfassade. An der Haustür versuchten sie die Namen zu lesen.

„Halt mal!" Schneider gab seiner Frau die Aktentasche mit den Papieren.

Sie setzte sich mit Samuel auf den Koffer, in den sie ein paar notwendige Sachen eingepackt hatten. Auf der anderen Straßenseite gingen ein Mann und eine Frau vorbei. Sie drückten sich eng aneinander in den vorgebauten Hauseingang. Nachdem das Paar außer Sichtweite war, nahm Dr. Schneider eine Schachtel Streichhölzer aus der Hosentasche. Mit der hohlen Hand versuchte er den Lichtschein einzugrenzen.

„Hier steht es", flüsterte er hastig. „Franz Jeschke! Das muss es sein!"

Dem Franz Jeschke hatte Dr. Schneider einmal das Leben gerettet mit einem gewagten Luftröhrenschnitt. Sonst wäre er erstickt an einer zu hart gekochten Kartoffel, die der Franz Jeschke zu hastig und unzerkaut hinuntergeschluckt hatte. Neunzehnhundertdreiunddreißig, das war nun schon einige Jahre her.

Doch damals hatte die Olga Jeschke versichert: „Wenn ihr wirklich mal in Not seid und Hilfe braucht, dann kommt zu mir. Ich werd' euch dann ganz gewisslich helfen. Gott sei mein Zeuge!"

Ja, das hatte sie damals gesagt, die Olga Jeschke. Jetzt standen sie spät am Abend vor ihrer Tür. Es ging schon auf zwölf zu. Josua Schneider drückte den Klingelknopf.

„Wir haben keine andere Wahl. Heute kommen wir nicht mehr ungesehen heraus aus Berlin!"

Als Olga Jeschke nach einiger Zeit endlich herunterkam und die Tür öffnete, erkannte sie die Schneiders sofort. Erschrecken wollte sich für einen kurzen Moment auf ihrem Gesicht ausbreiten. Doch dann fing sie sich und besann sich schnell. Bevor der Arzt das Warum und Weshalb erklären konnte, forderte sie die drei auf, hereinzukommen. Sie schaute noch kurz die Straße entlang. Es fiel ihr jedoch nichts Verdächtiges auf. Dann schloss sie die Eingangstür. In dem muffigen Hausflur schaute sie dem Ehepaar in die Augen. „Ick hab et vasprochen, wa?" Josua und Lea Schneider nickten vorsichtig. „Ja, ick, Olga Jeschke, hab et vasprochen, und wat Olga Jeschke eenmal vasprochen hat, det hält se ooch. So is det mit'm Versprechen!" Sie lachte ein wenig hilflos.

23

„Warten Se hier, ick hol nur noch den Keller-
schlüssel."

Olga Jeschke eilte die Holztreppe so leise wie
möglich hinauf. Ihre Wohnung lag im ersten Stock.
Die Familie Schneider stand still und wartete. Das
dämmerige Flurlicht verzerrte ihre Schatten an den
Wänden zu bedrohlichen Gestalten. Was war eigentlich passiert?

Am Abend des 9. November 1938 erhielt Dr. Josua
Schneider gegen neunzehn Uhr einen anonymen
Anruf in seiner Praxis *Unter den Linden*.

„Sie müssen sofort mit Ihrer Frau und Ihrem Sohn
fliehen. Die SA wird gleich eintreffen und Sie alle
drei festnehmen!"

Der Arzt hatte etwas Ähnliches befürchtet. Er zog
seinen Kittel aus und löschte das Licht. Bevor er in
die Wohnung ging, die im hinteren Bereich der
Praxis lag, überzeugte er sich noch einmal, ob die
Vordertür auch verschlossen war. Patienten waren
in den letzten zwei Wochen kaum noch gekommen.
Und heute war er auch allein in der Sprechstunde
geblieben. Seine Frau Lea schaute ihn gespannt an,
als er in die Wohnung trat.

„Ist Samuel da?" Sie nickte.

„Zieht euch einen warmen Mantel über. Ich hole die
Tasche mit den Papieren."

Sie eilte ins Schlafzimmer und legte noch einige
wichtige Kleidungsstücke in den großen dunkel-
braunen Lederkoffer, der halb schon gepackt war.

„Samuel, Samuel!", rief sie laut.

Der Junge kam aus seinem Zimmer mit fragendem
Blick. „Zieh dich schnell an. Du weißt schon warum!"

Einige Male hatten sie eine mögliche Flucht durchgesprochen. Jetzt war es so weit. Eigentlich nicht verwunderlich bei den Hetztiraden der letzten Tage und Wochen. Trotzdem war es wiederum so überraschend, so unverstehbar. Es gab keine wirklichen Antworten.

Dr. Josua Schneider. Als junger Mann war er 1915 mit achtzehn Jahren an die Westfront gekommen. Den Stellungskrieg bei Verdun mit durchlitten. Rund siebenhunderttausend Tote. Verwundetenabzeichen. Steckschuss im rechten Oberschenkel. Eisernes Kreuz für Tapferkeit vor dem Feind. Er hatte einen schwerverwundeten Kameraden aus dem feindlichen Feuer geborgen und im Schützengraben notärztlich versorgt. Der Soldat überlebte. Zurück nach Berlin. Studium der Medizin an der Humboldt-Universität. Praxisjahre in der Charité bei Sauerbruch. Ab 1928 musste er die Praxis *Unter den Linden* von seinem Vater übernehmen. Der wollte mit neunundsiebzig Jahren endlich seinen wohlverdienten Ruhestand antreten. Zwei Jahre später verstarb er an einem Herzinfarkt. Seine Frau folgte ihm sechs Monate später. Offenbar hatte sie den Tod ihres Mannes nicht verwinden können oder sie wollte einfach nicht ohne ihn allein sein. Kaum ein Wort war seit seiner Beerdigung über ihre Lippen gekommen. Eines Morgens fand man sie im Salon in dem großen Ohrensessel ihres Mannes. Ein stilles Lächeln umspielte ihre Lippen, so, als sei sie völlig zufrieden in die Ewigkeit gegangen. Kurz danach heiratete Josua Schneider Lea Stockmann, das Mädchen, in das er sich schon an der Humboldt-Universität verliebt hatte.

Auch sie hatte Medizin studiert, musste aber nach acht Semestern das Studium abbrechen, um ihrer alten Mutter zur Seite zu stehen. Nicht nur als Ehegattin, sondern auch als Gehilfin in der Praxis, wurde sie zu einer wunderbaren Gefährtin an seiner Seite.

Als die Arztfamilie durch den Hinterausgang die Wohnung verließ, hörten sie Scherbengeklirr und Geschrei an der Vordertür. Barsche, raue Befehle, in denen es kein Erbarmen gab. Sie flüchteten durch die Hintertür. Dort war der Weg noch frei. Im Schatten der Häuserwände schlichen sie sich durch Nebenstraßen und Gassen, über Hinterhöfe. Immer wieder abwartend, und horchend, und leise atmend, mit Angst in der Brust. Das Ungeheuer fing an zu fressen mit einer unersättlichen Fressgier, die lange, lange nicht aufhören sollte, weil ihm so unendlich viele Opfer zugeführt wurden.

Schneiders hörten, wie Olga Jeschke die Treppe wieder herunterkam. Sie führte die Flüchtenden nach unten in ihren Keller, der aus drei Abteilungen bestand. Einem Vorratsraum, einem Kohlenkeller und einem völlig abgeteilten Teil, der zum Hof ein Fenster hatte. Dieser Raum war zusätzlich verschlossen.

„Wir lagern sommers unsere Wintersachen drin. Jetzte brauchen wir se ja. Is ja schon kalt. Deshalb hab' ick se schon alle nach oben jebracht! Franze interessiert sich schon ja nich für det Kabuff!"

Sie öffnete die Tür. Es roch muffig und ein wenig feucht. Ein großes Bett füllte fast den ganzen Raum aus. Das Bettzeug war klamm.

An einer Stange quer durch den Raum hingen einige Holzbügel. Das Fenster zum Hof war mit daumendicken Eisenstangen vergittert.

„In'ne Sommerferien schläft schon mal der Neffe von meen Franze drin, wann er uns besucht", erklärte Olga Jeschke. „Er kommt ausse Provinz, aus'm Mecklenburgischen. Berlin war für den Willi immer wat Besonderes jewesen. Doch det is nu seltener jeworden. Er ist ja bei de HJ, un da schlafen se ja lieber in'n Zelt inne Wicken." Sie lachte etwas unbeholfen wie über einen schlechten Witz. „Ach, noch wat Herr Doktor, wat meen Mann anjeht, meen Franze, der darf euch nich bemerken. Und Se wissen ja, ewig können Se hier ooch nich bleiben. Det ist viel zu jefährlich. Vielleicht so zwei, drei Tage, bis det allet wieder ruhiger jeworden is."

Die Schneiders nickten stumm und stellten keine weiteren Fragen. In dem großen Bett hatten sie alle drei Platz. Lea legte sich mit ihrem vierzehnjährigen Jungen ans Kopfende, und Josua Schneider füllte vom Fußende her die Mitte des Bettes aus. Das Federbett war breit, und lang, und dick, und es reichte für alle. Das Fenster hatten sie ein wenig geöffnet. Es war, als ob Brandgeruch den Raum füllte.

„Hast du die Tür verschlossen?", fragte Lea Schneider ihren Mann.

„Ja, ja, das hab' ich. Der Schlüssel steckt von innen. Olga Jeschke wollte es so."

Sie konnten lange, lange nicht einschlafen. Franz Jeschke kam erst am nächsten Morgen wieder. Verschwitzt und nach Alkohol riechend. Ein Brandgeruch ging von ihm aus.

Er hängte seine Mütze mit dem Totenkopfemblem an die Garderobe. Dann knöpfte er seine Uniformjacke auf und setzte sich breitbeinig an den weißlackierten Küchentisch.

„Denen haben wir's aber gegeben", begann er stolz und selbstgefällig.

Olga schenkte ihm eine Tasse Kaffee ein und stellte Schwarzbrot mit Butter und Salami dazu. Das liebte Franz Jeschke besonders, wenn er vom Dienst kam. Zu-nächst zündete er sich eine Zigarette an und sog den Rauch genüsslich in die Lungen.

„Das werden sie sich merken, die Judenschweine. Davon wird sich das Pack so schnell nicht erholen. Und das war erst der Anfang, sag ich dir. Unser Führer weiß, was er will!"

Olga Jeschke nickte stumm. Angst schnürte ihre Kehle zu. Sie dachte an die Familie Schneider im Keller. Oberscharführer Franz Jeschke schaute seine Frau Beifall heischend an. Er war noch nicht sehr lang Oberscharführer. Anfang des Jahres hatten sie ihn befördert. Er liebte seine schwarze Uniform und besonders die Schirmmütze mit dem Totenkopf drauf. Er liebte seinen Arbeitsplatz. Konzentrationslager Sachsenhausen bei Oranienburg, gar nicht so weit von Berlin entfernt.

„Die SS, das sind wir. Wir werden dem Führer den Weg bereiten. Wir stehen hinter ihm. Wir lieben ihn, und wir werden ihm helfen, die Judenseuche zu beseitigen!" Er schob Olga die Kaffeetasse hin. „Führer befiehl, wir folgen dir! Heil Hitler! Heil Hitler!", rief er laut im Sitzen und hob die rechte Hand zum deutschen Gruß.

Er roch nach Alkohol. Seine Frau schenkte ihm Kaffee nach. Er drückte die Zigarettenkippe im Aschenbecher aus und fing an zu futtern.

Aus den zwei bis drei Tagen mit den Schneiders im Keller wurden sechs Tage und Olga Jeschke wurde immer unruhiger.

„Se müssen det Haus verlassen, Herr Doktor", sagte sie immer wieder, wenn sie etwas Essen in das Kellerversteck brachte. „Se sind hier in jroßer Gefahr. Und wir ooch."

„Wohin sollen wir denn gehen?", fragte Josua Schneider. „Haben sie eine Idee? Wir müssen doch irgendwie weiter?"

Olga Jeschke zuckte nur mit den Schultern. „Ick weeß et nich, Herr Doktor. Mir fällt rein jarnuscht ein. Ick bin schon janz verrückt im Koppe. Und mein Mann, Se wissen ja, wenn der det rauskricht, det Se hier in'n Keller sind...!" Ihr Gesicht wurde stumpf und leer. „Dann isset allet aus!", sagte sie nur, und ging wieder nach oben.

„Wir müssen noch eine Zeit lang hier bleiben, Lea, Samuel. Vielleicht beruhigt sich alles. Der internationale Druck auf Deutschland wird nicht ausbleiben. So kann man doch mit uns nicht umgehen."

Als er schwieg, da gellten ihm die Verzweiflungs-schreie seines Volkes in den Ohren. In jedem Land, und in jedem Staat, und zu jeder Zeit sind sie verfolgt, gefoltert und getötet worden. So auch heute wieder. Dabei verstanden sich schon seine Eltern als assimilierte Juden, die sich als Deutsche diesem Staat verpflichtet fühlten und Deutsche waren wie du und ich.

Auch Josua Schneider und seine Frau hielten nicht allzu viel von den jüdischen Traditionen. Bis auf den Schabbat, den auch die Eltern feierten. Soweit es ihnen der Dienst in der Arztpraxis zuließ, wollten auch sie an der Ruhe Gottes teilhaben und feierten den Schabbat wie schon ihre Vorväter. Dann war da noch das Gesetz, die Thora. Die war ihnen bekannt von Kindesbeinen an, denn in der Familie Schneider wurde man durch einen Gesetzeslehrer, der ins Haus kam, unterrichtet.

„Das sind wir unserem Volk schuldig", betonte sein Vater immer wieder, „das Gesetz unseres Gottes muss ein jeder Jude kennen!"

Auch der Gottesdienst in der Synagoge war ihnen nicht fremd. Doch oft nahmen sie einen Katzensprung weiter am Gottesdienst in der Friedrichwerderschen Kirche teil, um in dem Backsteinbau mit der neogotischen Fassade die *Frohe Botschaft von Jesus Christus* zu hören.

„Wohin sollen wir nur gehen?", murmelte Josua Schneider halblaut und schüttelte den Kopf. „Im Augenblick kennen wir weder den Weg noch das Ziel."

Am Abend kam Franz Jeschke von Oranienburg nach Haus. „Drei Tage Sonderurlaub", begrüßte er seine Frau und grinste selbstzufrieden. „Sachsenhausen ist voll. Wir haben reichlich zu tun. Doch die Arbeit geht gut voran", betonte er und lachte dabei scheppernd. Nähere Einzelheiten deutete er nicht an.

„Ich geh vorm Abendbrot noch mal zum *Kutscher-Emil* an die Theke. Paar kleine Schnäpse, warn harte Tage. Bis gleich, Olga."

Er legte seine Aktentasche auf die Flurgarderobe und verließ die Wohnung.

Beim *Kutscher*, gleich um die Ecke, gab's 'n schönes Dunkelbier. Das zog er sich erst mal rein und bestellte gleich drei Klare dazu, die er nacheinander in sich hineinkippte.

„Ach, tut das gut", grunzte er zufrieden und rülpste laut.

Kohlenträger Egon Lemke stierte vor sich hin. Er hatte noch seine Lederweste an und roch nach Schweiß. Er nippte an einem kleinen Bier.

„Magst auch 'n Schnaps, Egon?", fragte Jeschke seinen Nachbarn von gegenüber in der Körnerstraße. Eigentlich hielt er nicht viel von ihm. Ein Unsoldat, der Lemke. Ging meistens krumm. Kam wohl vom vielen Säcke schleppen. In 'ner Uniform wäre der nur 'ne Witzfigur, dachte der SS-Mann.

Egon Lemke lehnte den Schnaps ab.

„Nee, nee, lass man, ick will mir nich die Finger schmutzig machen."

Franz Jeschke stutzte.

„Wie meinst du denn das?", wendete er sich mit lauerndem Blick zum Kohlenträger. „Ist dir klar, was du da sagst?"

„Det kannste glooben, janz klar is mir det", erwiderte Lemke, „so klar wie dein Schnaps im Glas", und nahm einen kräftigen Schluck aus seinem Bierglas.

„Ick weeß jenau, womit du dir beschäftigst!" Oberscharführer Jeschke bekam ganz schmale Augen, und seine Mundwinkel fingen an zu zucken.

„Naa, womit denn, Lemke?"

Der Kohlenträger schien die Situation auszukosten. Die SS-Uniform beeindruckte ihn offensichtlich überhaupt nicht.

„Noch'n Bier, Emil!" Er hielt dem Wirt sein leeres Glas hin. „Weeste, Jeschke, von mir aus biste 'n wichtiger Mann bei de SS in Sachsenhausen. Aba ick kann mir nich vorstellen, det de dir ooch noch Privatjuden in'n Keller halten darfst? Det nenn ick 'n feinen Oberscharführer!"

Jeschke lief rot an, ließ sein Bierglas stehen und jagte nach draußen. *Kutscher-Wirt* Emil ging ans Telefon.

Wohl keine halbe Stunde später fuhren zwei Gestapo-Limousinen in der Körnerstraße vor. Erst holten sie die Schneiders aus'm Keller und waren im Nu wieder fort. Dann konnte man beobachten wie Franz und Olga Jeschke abgeführt wurden. Dem Franz hatte man noch Zeit gelassen, seine Uniform auszuziehen.

SACHSENHAUSEN

Wie ging es mit den Schneiders weiter? Eigentlich so, wie mit unzähligen anderen Menschen und Familien im so genannten *Tausendjährigen Reich*. Dr. Josua Schneider brachte man mit seiner Frau Lea und seinem Sohn Samuel in das Konzentrationslager Sachsenhausen. Sachsenhausen hatte man 1936 errichtet. Hübsch gelegen. In einem Kiefernwald bei Oranienburg. An der Straße nach Schmachtenhagen. An der Schleuse am Lehnitzsee. Nach der Reichskristallnacht, oder richtiger Reichspogromnacht, wurden etwa sechstausend jüdische Bürger in das Konzentrationslager eingeliefert. Ungeschützt der Kälte ausgesetzt. Im November. Unter den Zugängen waren namhafte Künstler, Wissenschaftler, Ärzte und Kaufleute. Die Masse der Internierten waren Arbeiter.
Und dann gab es da den Appellplatz. Jeder konnte es lesen an der Baracke neun und rund um den Platz herum.
Es gibt nur einen Weg zur Freiheit - Seine Meilensteine heißen: Gehorsam - Fleiß - Ehrlichkeit - Ordnung - Sauberkeit - Wahrhaftigkeit - Opfersinn und Liebe zum Vaterland. Als sie alle erstmalig auf dem Appellplatz standen, brüllte eine Stimme von vorn: „Lesen!"
Und sie fingen an zu lesen zaghaft und erschrocken - im Chor:
„Es gibt nur einen Weg zur Freiheit ...!"
Und die Stimme vorn brüllte wiederum: „Lauter lesen - ihr verdammten Judenschweine und die rote Kommunistenbrut!"

Und sie schrien in die Kälte des Novembertages hinein: *„Es gibt nur einen Weg zur Freiheit ...!"* Und sie schrien es immer wieder, weil die Stimme da vorn immer wieder brüllte: „Lauter - ihr verdammten Judenschweine und die rote Kommunistenbrut!"

Dann wurde der vierzehnjährige Samuel von seinen Eltern getrennt. Er erinnerte sich noch gut daran, wie seiner Mutter und seinem Vater ein lautloser Tränenstrom über das Gesicht lief, als sie ihn von den Eltern fortrissen, und er sich immer wieder verzweifelt an ihre Mäntel zu klammern versuchte. „Jeschua, Jeschua!", riefen seine Eltern plötzlich laut und weithin hörbar. „Jeschua wird mit dir sein, Samuel, du geliebtes Kind!"

„Maul halten! Haltet euer Maul, ihr verdammten Judenschweine!", brüllte der Lagersoldat und schlug ihnen den Gewehrkolben zwischen die Rippen.

Samuel zerrten sie zu einem der bereitstehenden Lastwagen. Lauter junge Menschen pferchte man auf der Ladefläche zusammen. Dann fuhren sie davon. Samuel war es, als hätten sie ihm das Herz aus dem Leib gerissen, und nun transportierte man seine Hülle einfach fort von seinen geliebten Eltern. Es gelang ihm nicht zu weinen.

Da, wo er sein Herz vermutete, meinte er, wäre nur ein Stein, der keine Gefühle mehr hinein - und hinauslassen würde. Jede Stunde, die den Abstand zwischen ihm und seinen Eltern vergrößerte, ließ diesen Stein immer härter werden. Und er stahl ihm jeden Glanz aus den Augen.

REEPENSTEIN: 9. NOVEMBER 1938

Am frühen Morgen des 9. November 1938 wurden die jüdischen Familien in Reepenstein mit barschen Befehlen aus dem Schlaf gerissen und auf einen offenen Lastwagen geladen. Die Familien Neugarten und Rosenthal und Blumert und das Ehepaar Wolff, die ohne Kinder waren. Die SA-Männer hatten den Erwachsenen und den Kindern kaum Zeit gelassen, eine Jacke oder einen Mantel überzuziehen. Es war kalt am 9. November.
Sie standen voller Angst und Demut auf der Ladefläche und klammerten sich aneinander. Simon, Erich und Rebekka, Levi und Sarah, Ernst und Josua, Lisa und Hedwig, Carla und Emmy, Isaac und Hannah. Der Lastwagen fuhr mit lautem Gehupe durch den Ort. Hin und zurück. Die Bahnhofstraße auf und ab. Zwei SA-Männer saßen in schweren Ledersesseln auf der Ladefläche. Das Gewehr im Anschlag. Sie lachten und höhnten und warfen ihre Zigarettenkippen zu den auf der Ladefläche zusammengedrängten Juden.
Die Kinder weinten und von den Straßenrändern riefen einige Menschen: *„Juda verrecke!"*
Und das um so mehr, je häufiger der Lastwagen den Ort durchquerte. Schließlich sperrte man sie in das Feuerwehrgerätehaus, um sie am Abend des 9. November 1938 nach Sachsenhausen bei Oranienburg abzutransportieren.
Zuvor wurden die Fensterscheiben ihrer Häuser und Geschäfte eingeschlagen. Die Schlachterei der Familie Rosenthal, der Gemischtwarenhandel der Familie Blumert.

Das Haus von Dr. Wolff und seiner Frau zündeten die SA-Männer an, weil dieses Haus als Synagoge genutzt worden war. Aus der Wohnung der Wolffs ließen sie auch die beiden schweren Ledersessel auf die Ladefläche des Lastwagens bringen. Oh ja, sie nahmen die Ausführungen des Befehls sehr ernst, die SA-Männer in Reepenstein. Zerstören, zerschlagen und anzünden.

„Ha, ha, ha, wenn vom Messer spritzt das Judenblut…! Heute gehört uns Deutschland und morgen die ganze Welt!"

Einige Männer in Zivil halfen eifrig mit, besonders der Klassenlehrer Alpers mit seiner achten Klasse. Alle Einrichtungsgegenstände wurden auf dem Marktplatz, nicht weit entfernt vom Reykafelsen, zusammengetragen. Der Thoraschrein mit den Thorarollen. Das Vorbeterpult und den Tisch, den man zur Lesung des Gesetzes benötigt hatte. Die Sessel der Gemeindevorsteher und die Menora, den siebenarmigen Leuchter. Alles wurde zu einem Haufen zusammengeschichtet.

Die Kinder der achten Klasse brachten viele alte Zeitungen dazu, die sie sich vom Hausmeister besorgt hatten. Dann wurde alles mit Benzin übergossen und angezündet. Unter *Heil-Hitler-, Sieg-Heil- und Juda-Verrecke-Rufen* verzehrten, verkohlten und verklumpten die Flammen das, was den Juden heilig war.

Es schien, als ob die Reepensteiner eine gewisse Genugtuung empfanden an dem, was da geschah. Einige gingen zwar weiter und versuchten ihre Blicke von dem Geschehen abzuwenden.

Die meisten aber, ob Jung, ob Alt, beobachteten in kleinen Grüppchen vom Straßenrand aus die Ereignisse, als wären sie in einem spannenden Film, den man nach dem Schlussakt wieder verlassen könne. Die Juden hatten Angst. Das konnte man ihnen ansehen. Doch hinter dieser Angst schien immer noch Stolz und Würde zu sein in dem Wissen darum, dass über die Not ihres Volkes hinaus ein anderer das letzte Wort sprechen würde.

Die Juden von Reepenstein wurden, wie gesagt, zunächst im Feuerwehrgerätehaus eingesperrt. Dort hockten sie eng aneinander gerückt und lauschten mit stummen Gesichtern den Schmährufen und dem Klirren der Fensterscheiben, die in ihren Häusern eingeworfen wurden.

Schließlich bemerkte Metzgermeister Josua Neugarten in das Schweigen hinein: „Sie haben bei uns das Fleisch gekauft." Sein Geschäftspartner Levi Rosenthal nickte bestätigend.

„Bei uns haben sie ihre Gerätschaften gekauft", stellte Gemischtwarenhändler Simon Blumert fest.

„Unser Geld haben sie geliehen", fügte Carla Wolff hinzu.

„Und die Kinder haben miteinander gespielt und sind zusammen zur Schule gegangen", schluchzte Hannah Rosenthal. Die Kinder weinten still vor sich hin. „Was wird nun mit uns geschehen?"

Sie schauten alle auf Dr. Isaac Wolff, der ihnen auch in der Synagogengemeinde immer ein unerschütterliches Vorbild gewesen war. Dr. Wolff schwieg noch eine Weile. Als er anfing zu sprechen, war seine Stimme so fest wie immer.

„Ich weiß es nicht, Kinder, ich weiß es wirklich nicht. Vielleicht wird man uns in ein Arbeitslager stecken oder man wird uns ausweisen aus diesem Land. Vielleicht wird dieses oder jenes geschehen. Doch seid getrost, es wird kein Haar von eurem Kopf fallen, ohne dass der Allmächtige es zulässt. El Schaddai, Gott der Allmächtige. Weint doch nicht. Vertraut dem Herrn der Heerscharen. In seiner Hand sind wir sicher geborgen. Ganz gleich, was geschieht. Niemand wird uns aus seiner Hand reißen!"

Das Weinen der Kinder war in ein Schluchzen übergegangen, und ihre Eltern strichen ihnen vorsichtig mit den Händen übers Haar. Langsam fingen sie an, die Schreie und das Pöbeln der Menschen auf der Straße zu überhören. Nur, wenn jemand mit dem Fuß gegen die Schuppentür stieß, zuckten sie leicht zusammen. Am Abend wurden sie alle herausgeholt und mit einem Lastwagen der SA zum Konzentrationslager nach Sachsenhausen, nicht weit von Berlin, abtransportiert.

Am nächsten Tag brachte es der Reepensteiner Anzeiger ganz groß heraus: „Reepenstein ist judenfrei. Mit großer Anteilnahme und Zustimmung der Bevölkerung ist die jüdische Verschwörung in Reepenstein beseitigt worden!", hob der Redakteur hervor. „Deutsche Bürger können wieder erhobenen Hauptes durch den Ort gehen. Nie wieder werden wir es gestatten, dass ein Jude diesen Ort betritt. Um unserer Kinder willen. Die Reinheit der Rasse und des arischen Blutes muss immer unser vornehmstes Ziel sein und bleiben.", betonte der Verfasser des Artikels.

„Das sind wir unserem Führer schuldig. Unserem Vaterland. In diesem Kampf müssen wir alle zusammenstehen. Sieg Heil!"

Dann folgten eine Reihe Fotografien mit den entsprechenden Erläuterungen dazu. Die demolierten Häuser und das brennende Synagogenhaus. Die Juden auf dem Lastwagen, wie sie durch Reepenstein gefahren, und wie sie in das Feuerwehrgerätehaus gesperrt werden. Mit dem letzten Bild hatte man ihren Abtransport nach Sachsenhausen für die Nachwelt festgehalten. Zwei SA-Männer standen vor dem Lastwagen. Stolz und etwas dümmlich lächelnd, den rechten Arm zum Hitlergruß erhoben.

In der Legumindkirche hing starr und stumm am Altarkreuz, mit Blattgold überzogen, Jesus Christus, der Jude. Der Hirte der Gemeinde, Pastor Herbert Lienecke, konnte keine Stellung zu den Ereignissen in seiner Kirchengemeinde nehmen. Er befand sich gerade als Feldkaplan auf einer Reserveübung bei dem Panzergrenadierbataillon 621.

NACHRUF

Reepenstein war nach diesen Ereignissen nicht mehr der gleiche Ort. Man fing an zu fragen, ob dieses Geschehen zu dem stolzen deutschen Herrenmenschen passte. Irgendetwas stimmte nicht. Trotz der euphorischen Pressemeldung hatte sich eine gewisse Betroffenheit über den Ort ausgebreitet.

Jedenfalls bei einigen Einwohnern Reepensteins kamen Gedanken auf, die so gar nicht in das Bild arischer Selbstgefälligkeit passten. Obwohl die Juden immer wieder als entzerrte und widerliche Fratzen dargestellt wurden, so blieben sie immer noch Menschen. Auch wenn man versuchte, ihrer Rasse tierische, entartete Züge auf den Leib zu schreiben. So ist es doch ein Unterschied, Menschen wie Tiere zu beschreiben oder sie so zu behandeln wie minderwertiges Schlachtvieh, das man auf Lastwagen verlädt, um es zum Vernichtungsort zu transportieren.

Schon wenige Tage nach der *Reichspogromnacht* waren die Schäden beseitigt. Die Bürgersteige sauber gefegt. Die zerstörten Fenster der leeren Judenhäuser wurden zunächst mit Brettern und Holzplatten vernagelt. Das ausgebrannte Haus, in dem sich die Juden zu ihrem Gottesdienst versammelt hatten, wurde einfach mit einem Bauzaun umgeben. Überhaupt wurden Haus- und Hofbesitz dieser armen Menschen sehr schnell zu Spottpreisen an verdiente Reepensteiner Bürger veräußert. Das Synagogenhaus wurde von einem Rechtsanwalt besetzt.

Es dauerte keine zehn Wochen, da waren alle Schäden an den Häusern behoben und es schien, als wäre nie etwas geschehen. Nur die Menschen fehlten. Wunderbare, freundliche, herzliche Menschen, denen man Tag für Tag begegnet war. Ein Teil des täglichen Lebens, so selbstverständlich. Nun fehlten sie. Die Alten, die Jungen und die Kinder. Es war allerdings erstaunlich wie die Mehrzahl der Reepensteiner damit umging. Nach außen hin verhielten sie sich so, als hätte es nie Juden in Reepenstein gegeben. Man ging einfach zur Tagesordnung über. Oder war alles nur eine Selbsttäuschung?

Lieselotte Krämer zum Beispiel! Das Bild mit den auf dem Lastwagen hockenden Juden, bewacht von zwei SA-Führern. Es wollte einfach nicht aus ihrem Kopf weichen. Wie eingebrannt war es. Am Tage drückte es auf ihrer Seele und des Nachts, wenn sie wieder mal nicht schlafen konnte, wurde es zum Albtraum. Was wird bloß Herbert dazu sagen, wenn er von seiner Reserveübung bei der Wehrmacht heimkehrt? Sie liebte ihren Herbert, auch wenn sie sich ihm oft sehr unterlegen fühlte. Er ist der Pastor der Reepensteiner Kirchengemeinde. Er hat das Recht, dagegen etwas zu sagen, seine Stimme zu erheben. Das kann man doch so nicht stehen lassen. Das mit den Juden. Das schreit zum Himmel. Da muss was geschehen! Aber was nur? Sie spürte bei diesen Überlegungen ihre eigene Hilflosigkeit.

Der August Müller, der den SA-Leuten mit erhobener linker Faust hinterherrief: „Das ist eine Sauerei, so geht man doch nicht mit unschuldigen Menschen um!"

41

Den haben sie gleich verhaftet. Der wurde abtransportiert am nächsten Tag. Danach hat man nie wieder etwas von ihm gehört.

Lieselotte Krämer überlegte, wenn ihr das passiert wäre? Wenn sie nun laut protestiert hätte! Dabei krampfte sich ihr Herz zusammen, und sie musste an ihre alleinstehende Mutter denken, die ihrer Hilfe bedurfte. Und natürlich an Herbert, ihren Liebsten, auf den sie so sehr wartete.

LIENECKES MARSCHBEFEHL

Herbert Lienecke kam Mitte August 1939 zurück. Er hatte seine Ausbildung zum Feldkaplan erfolgreich und mit Auszeichnung bestanden. Er wollte dabei sein, um den vielen Männern zu helfen, wenn der Tod vor Augen sämtliche Hoffnungen für ein diesseitiges Leben zunichtemacht. Der Marschbefehl für das Panzergrenadierbataillon 621 war längst schon in der Brusttasche seiner Uniformjacke verstaut. Lieselotte hatte er noch nichts davon gesagt. Die Ereignisse in Reepenstein konnte er im Reepensteiner Anzeiger nachlesen. Persönlich reden wollte keiner so richtig mit ihm über diese Geschehnisse. Es bereitete ihm Not, ein Predigtthema für den kommenden Sonntag zu finden. Was konnte man in dieser Zeit den Menschen sagen? Dass der Führer sie zu einem stolzen Kriegskoloss zusammengeschmiedet hat.

Schließlich redete er am Sonntagmorgen über Vergebung, die der Mensch so sehr von Gott benötige. Es fiel ihm schwer, über das Schwachsein vor Gott zu predigen. Der Führer kann doch nur etwas mit den Starken und mit den Helden anfangen. Jung und gesund müssen sie sein. *Flink wie die Windhunde, zäh wie Leder und hart wie Kruppstahl.* Er sah die vielen jungen Männer, die man in die Uniformen der verschiedenen Waffengattungen gesteckt hatte. Er kannte sie alle mit Namen: Uwe Fitschen, Peter Meyer, Heiner Pape, Willi Gerken und die vielen anderen. Sie alle hatten ihre Marschbefehle erhalten. Unendlich viele werden ihnen noch nachfolgen.

43

Es war noch gar nicht lange her, dass er ihnen im Konfirmandenunterricht die Achtung vor Gott und seiner Schöpfung vermitteln wollte, damit sie in Ehrfurcht und Dankbarkeit ihr Leben vor ihrem Schöpfer gestalten. Und nun gab es nur einen Namen in ihren Köpfen, Adolf Hitler, ihr Führer, dem sie Treue bis in den Tod geschworen hatten. Ihr Leben und das Leben ihres Nächsten waren weit in den Hintergrund gerückt.

Die Kirche war wie immer bis auf den letzten Platz besetzt. Da konnten auch die Nationalsozialisten nichts dran ändern. Das war gute Tradition in Reepenstein. Auf ihre Legumindkirche, da ließen sie nichts kommen. Da gehörte man zusammen wie schon die Vorväter. Daran würde keiner was ändern können, auch nicht der Führer. Und welche Eltern wollten ihre Söhne nicht gern mit dem Segen Gottes in den Krieg schicken? Krieg würde es geben, das spürten sie alle. Das Weltjudentum hatte sich gegen Deutschland verschworen. Der Führer wird handeln. Deutschland wird ihm folgen.

„Gott gab seinen Sohn, damit wir leben!", rief Pastor Lienecke über die Köpfe der Zuhörer hinweg.

Die Väter und Mütter rahmten ihre uniformierten Söhne ein, die für den Führer in den Krieg ziehen wollten. Stolz lag in ihren Gesichtern. Sie trugen für Deutschland den Ehrenrock. Keiner mochte seine Besorgnis und Angst zeigen. Wozu auch? Der Führer wird keine Fehler machen. Herbert Lienecke wagte den Eltern nicht zu sagen, dass sie ihre Söhne hingeben, damit sie für den Führer sterben.

Für Adolf Hitler, für das deutsche Volk, für das Vaterland! Dafür gibt man gern sein Leben. Wer mag sich dem entziehen. Das ist eine Ehrenpflicht! Dafür lohnt es sich. Wer lebt und stirbt denn heute noch für Gott, fragte sich Herbert Lienecke. Doch diese Frage interessierte kaum noch jemanden. Spätestens nach der *Reichskristallnacht* war das Thema mit der Vergebung vom Tisch. *Wer Gottes Volk antastet, der rührt seinen Augapfel an!* Das stand zumindest in der Bibel, die vor Pastor Lienecke während der Predigt auf der Kanzel lag. Da lädt man Schuld auf sich, die nur der allmächtige Schöpfer Himmels und der Erde vergeben kann. Doch was ist schon Vergebung, wenn viele tausend Kehlen ihr „*Sieg-Heil!*" brüllen. Da fragt man nicht nach Schuld oder Vergebung. Da ist das Bewusstsein eines stolzen Volkes auf Sieg eingestellt. Da kümmert man sich nicht um die Schatten, die sich mehr und mehr über Deutschland lagerten.

Am Ende der Predigt sangen sie *Großer Gott wir loben Dich*, doch viele dachten eben dabei nicht an Jesus Christus, sondern an Adolf Hitler. Er war der Mann der Stunde und der Führer des *Tausendjährigen Reiches*. Ihm riefen sie das Heil zu, das allein Gott gebührte. Da kam es auf die paar Juden, die man aus dem Ort deportiert hatte, auch nicht mehr an.

Nach der Erteilung des Segens teilte Pastor Herbert Lienecke seiner Gemeinde mit, dass er schon morgen seinen schwarzen Talar mit der feldgrauen Uniform vertauschen werde.

Da konnten es einige Uniformierte nicht unterlassen, feierlich stehend, den rechten Arm zum *Sieg-Heil-Gruß* zu erheben. Herbert Lienecke war dieser Gruß im tiefsten Wesen seines Herzens zuwider.

Am 12. März 1938 waren die deutschen Truppen in Österreich eingerückt. Am 1. und 2. Oktober wurde das Sudetenland besetzt. Im März 1939 besetzten deutsche Truppen die sogenannte „Rest-Tschechei" und stellten sie als *Reichsprotektorat Böhmen und Mähren* unter deutsche Verwaltung. Keiner konnte glauben, dass sich ein Mann wie Hitler damit zufrieden gab. Alles nur ein kurzes Intermezzo. Man spürte es förmlich: Die *Reichskristallnacht* hatte eine neue Ära des *Tausendjährigen Reiches* mit den klirrenden Fensterscheiben eingeläutet. Am 1. September 1939 griffen deutsche Truppen ohne Kriegserklärung Polen an. Die Ouvertüre des Grauens hatte begonnen.

Alle Plätze sind besetzt. Die Arie des Todes wird gesungen und das Drama des großen Sterbens nimmt ihren Verlauf. Die leisen und lauten Tränen werden fließen ohne Ende. Und am Ende wird die Erde getränkt sein mit dem Blut vieler Millionen unschuldiger Menschen. Dieses Blut wird zum Himmel schreien als eine ewige Anklage über Zeit und Raum hinaus. Doch heute stehen sie auf der Siegerseite. Die Männer und Frauen mit dem erhobenen rechten Arm.

Stolz schwellt ihre Brust.

„Heil mein Führer! Wir lieben dich! Führer befiehl, wir folgen dir! Wir geben dir unser Leben!"

Am Abend vor seiner Abreise war Herbert Lienecke noch mit Lieselotte Krämer zusammen. Er liebte sie und hoffte, es ihr heute Abend sagen zu können. So richtig, dass nicht mehr der geringste Zweifel zurückblieb. Er liebte ihren Schmollmund und ihr rotblondes Haar. Sie saßen im Wohnzimmer des Pfarrhauses und tranken Kaffee. Dazu aßen sie Kirschkuchen, den Lieselottes Mutter schnell noch ganz persönlich gebacken hatte. Sie mochte Herbert Lienecke. Keiner von ihnen konnte an diesem Abend ahnen, dass sie eine lange Trennung vor sich hatten. Ein langer Krieg und eine lange russische Kriegsgefangenschaft. Reepenstein sollte für Herbert Lienecke in weite Ferne rücken und Lieselotte Krämer wurde an diesem Abend zu einer wartenden Frau.

„Wie findest du das, was mit den Juden hier in Reepenstein passiert ist?", fragte Lieselotte ihn plötzlich unvermittelt.

Er sog die Luft tief ein und schaute auf seine Fußspitzen, als er antwortete.

„Es ist furchtbar, einfach entsetzlich. Es verletzt nicht nur zutiefst die Würde unseres Volkes, sondern es ist eine Schuld, mit der wir unmittelbar den Schöpfer allen Lebens verhöhnen. Ich weiß nicht, was ich noch sagen soll."

Er schwieg und hoffte, dass sie vielleicht so kurz vor seiner Abreise das Thema wechseln würde.

„Du als Pastor von Reepenstein, hättest du nicht deutlichere Worte deiner Gemeinde sagen können? Ist es nicht deine Aufgabe, ein solches Unrecht von der Kanzel aus anzuprangern." Sie atmete tief durch.

„Was ist deine Aufgabe?", bohrte sie weiter und schaute ihn dabei an, als erwarte sie auf ihre klaren Fragen klare Antworten.

Lienecke war überrascht, so, als hätte er von dieser Frau diese Fragen nicht erwartet. Trotzdem war er doch irgendwie zufrieden darüber, dass überhaupt noch jemand Fragen hatte. Mutige Fragen, die das System aus der Finsternis ins Licht zerrten und herausforderten.

„Du hast Mut, Lilo, Worte zu sagen, mit denen heute kaum noch jemand zu fragen wagt", erwiderte er ruhig. „Doch was hätte ich noch mehr sagen sollen? Dass Jesus selbst ein Jude war! Dass man ihn als den Schuld- und Sündlosen für die Menschen dieser Welt ans Kreuz genagelt hat! Gottes barmherziges Opfer für uns Menschen! Danach fragt doch heute keiner mehr. Das will man nicht hören. Der Jude ist zu einem Fluchwort geworden. Das nimmt man nicht mehr in den Mund. Schon gar nicht als Deutscher."

Lienecke schwieg einen Moment und suchte nach weiteren Erklärungsworten.

„Weißt du eigentlich, was die Juden für das deutsche Volk sind?" Es sprudelte aus ihm heraus: *„Parasiten, Betrüger und Schnorrer, Weltverschwörer, Gottesmörder und Weltfeind Nummer Eins.* Für die Nationalsozialisten sind diese Menschen nur noch wucherndes Ungeziefer, das mit aller Gewalt zu bekämpfen und auszurotten ist. Mit Stumpf und Stiel."

Er schaute sie direkt an als müsse er ihre Aufmerksamkeit noch mehr auf seine Worte konzentrieren.

„Hast du nicht Hitlers *Mein Kampf* gelesen? Der Führer macht keine Geheimnisse aus seinen Absichten." Lieselotte folgte schweigend seinen Worten.

„Es ist lebensgefährlich, den Führer Adolf Hitler anzuzweifeln, ihn in Frage zu stellen. Ich kann nur helfen, zu mildern und zu lindern, etwas zu trösten", fuhr Lienecke fort. „Vielleicht gelingt es mir, kraft meines Amtes, ein wenig auf die Gesinnung der Menschen einzuwirken. Wir müssen beten. Wird Gott unsere Gebete noch erhören? Es beten nicht mehr viele Menschen in Deutschland. Ein Beter ist ein Schwächling. Der Führer ist stark. Er ist jetzt der Gott des deutschen Volkes!"

Als wolle er sich festhalten, nahm er plötzlich die Frau in seine Arme und zog sie fest an sich. Sie schaute ihn mit ihren großen, blaugrünen Augen an. Ihr rotblondes Haar glitzerte im Lampenlicht.

„Es ist mir zu wenig, Herbert und morgen fährst du", hauchte sie durch die Flutwelle der Erregung, die ihren Körper plötzlich ergriff. Er strich ihr sanft über die Locken. Sie spürte seinen Herzschlag und fühlte seinen Atem, der immer näher kam.

„Ich liebe dich, Lilo, ich liebe dich sehr", flüsterte er vorsichtig.

„Bitte, warte auf mich!" Sie lächelte schmal durch ihren Schmollmund und schmiegte sich an ihn. Die bedrückenden Fragen, die sie eben noch in ihrem Herzen hatte, wichen einem tiefen Gefühl des Verlangens, das sie so unvorbereitet getroffen hatte. Sogleich wusste sie aber auch, dass die Stunden der Nacht es ihr schwer machen würden, auf Herbert Lienecke zu warten.

Dennoch gab sie sich ihm hin. Am Montagmorgen begleitete sie ihn zum Bahnhof nach Tostedt. Als der Zug sich in Bewegung setzte, vermochte sie ihn schon nach wenigen Metern kaum noch zu unterscheiden von den vielen Feldgrauen, die aus den Fenstern hingen und den Menschen auf dem Bahnsteig zuwinkten und letzte Worte zuriefen. Die fragende Leere war in ihr geblieben, als sie auf den Triebwagen wartete, mit dem sie nach Reepenstein zurückfuhr.

SANDBOSTEL

Samuel Schneider wurde zu einem Überlebenden von Sandbostel. Sie wissen sicherlich, eins von diesen berüchtigten Lagern. *Stalag XB Sandbostel.* Stalag stand für Stammlager. Er überlebte alle furchtbaren Strapazen, die er in all den Jahren durchlitten hatte. Die Schmerzen, den Hunger, die Ruhr, den Fleckentyphus und die grausamen seelischen Torturen. Wie sehr war doch seine Seele betroffen worden, immer wieder und ungeschützt, hatte sich aufgebäumt in dem Körper, in dem sie wohnte und musste doch schweigen, stumm sein, konnte nur unhörbare Schreie ausstoßen, die keiner bemerkte.

Am 29. April 1945 wurde Schneider in dem Lager Sandbostel von den Engländern befreit. Zwanzigjährig und völlig ausgehungert. Die englische Kommandantur ordnete umgehend an, dass sich deutsche Frauen aus den umliegenden Höfen und Dörfern um die Jammergestalten kümmerten. Zu Schneider kam Amalie Behrens aus Minstedt. Auch zwanzig Jahre alt. Mit einem blonden, krausen Zopf, den sie zu einem Knoten gedreht und unter einem blassblauen Kopftuch versteckt hatte. Als sie Samuel Schneider das erste Mal gegenüberstand und in seine dunklen Augen sah, die fragend in seinem ausgezehrten Gesicht, völlig abgestumpft auf sie blickten, fing sie einfach an zu weinen. Sie konnte es selbst nicht begreifen.

Umgeben von tausendfachem Elend krampfte sich beim Anblick von Samuel Schneider ihr Herz zusammen.

Die Tränen schossen ihr aus den Augen. Sie hielt ihm ihre Hände hin und bat ihn mit halblauter Stimme.

„Bitte, bitte, kommen Sie. Ich möchte Ihnen helfen!"

Dabei war sie sich selbst nicht darüber im Klaren, ob dieses Hilfsangebot noch rechtzeitig kam, und schon gar nicht wusste sie in dem Moment, wie sie ihm helfen sollte. Samuel Schneider war der blonden Frau ohne Widerspruch mit schweren, müden Schritten gefolgt.

Sie stützte ihn, so gut es ging. Er vermochte sie nicht einmal vor den unzähligen Läusen und Wanzen zu warnen, die sich in seinem zerschlissenen Mantel eingenistet hatten.

Neben der Sanitätsbaracke stand die Entlausungsstation, die die Engländer in aller Eile eingerichtet hatten. Als Amalie Schneider dort mit dem jungen Mann angeschleppt kam, nahmen ihr englische Soldaten den Juden ab.

„Ein altes Gesicht, ein sehr altes und krankes Gesicht." Anders vermochte der englische Sergant das Aussehen des Juden nicht zu beschreiben, als er in das eingefallene aschgraue Gesicht mit den trüben, dunklen Augen und den vorstehenden Wangenknochen sah.

Nach der Entlausung durfte Amy, so nannten die Engländer Amalie Behrens nach wenigen Tagen, ihren Sam in der Sanitätsbaracke betreuen. Sie fütterte ihm die Schonkost, die seinen entwöhnten Magen wieder normalisieren sollte. Sie rasierte ihn. Sie wusch ihn.

Sie salbte seine Haut, die von unzähligem Ungeziefer zu einem roten Fleckenteppich verunstaltet war. Samuel Schneider ließ alles still über sich ergehen. Seine Augen bekamen nach gut einer Woche wieder etwas Glanz und Tiefe. Das war zunächst das einzige Merkmal einer sichtbaren Veränderung. Selbst, wenn Amalie Behrens sanft über seine kurz geschorenen Haare strich, konnte man ihm kaum eine Reaktion abspüren. Je häufiger sie ihn anschaute, umso mehr erkannte sie, dass sich hinter dem alten, von gut sechs Jahren Lagerhaft gezeichneten Gesicht, ein Junge verbarg. Ein zwanzig Jahre altes, großes Kind, das viel Hoffnung und Beistand brauchte, um überleben und leben zu können.

Deshalb war sie froh, als sie ihn endlich nach einem Monat mit einer Sondergenehmigung der englischen Kommandantur nach Minstedt nehmen durfte. Der Jude machte dort erstaunlich schnelle Fortschritte. Nach zwei Wochen konnte Samuel Schneider sich selbst wieder waschen und rasieren. Die Frau saß bei ihm, wenn er sich das Essen selbst in den Mund führte. Es wirkte jedes Mal wie eine heilige Handlung. Der Bauernhof in Minstedt gehörte ihrer Tante und ihrem Onkel. Hier bekam der Jude aus dem *Stalag XB Sandbostel* eine kleine Kammer zugewiesen. Gleich neben der aus Lehm gestampften Diele, die von einem riesigen Leiterwagen ausgefüllt wurde, mit dem man im Sommer das Heu einfuhr. In der Kammer stand ein Bett, in dem Samuel Schneider fast versank, und an das sich sein Rücken immer wieder neu gewöhnen musste.

Doch es vermittelte ihm eine gewisse Geborgenheit, in der er die Albträume der letzten sechseinhalb Jahre besser ertragen konnte. Und noch etwas nahm in ihm immer mehr Gestalt an. Erst klein und zaghaft, doch dann größer und sicherer. Der Gedanke, keine Angst mehr haben zu müssen vor den Qualen und Erniedrigungen, die er im Lager erfahren hatte. Erst war ihm dieser Gedanke so fremd und er versuchte, ihn immer wieder zurückzudrängen.

Die vergangenen Jahre waren so voller Angst gewesen. Sie trat immer wieder in unterschiedlicher Gestalt an ihn heran. Die gebrüllten Befehle der Lagerbesatzungen. Ohne Grund und ohne Sinn. Das Antreten im Regen, im Schnee, in der Kälte oder im stechenden Sonnenschein. Immer und immer wieder das stundenlange Stehen und die Brutalität der Aufseher, die so viel seelisches und körperliches Unheil bei den Gefangenen anrichteten.

Am Schlimmsten war die Gleichgültigkeit, mit der die Uniformierten oder die mit der Armbinde die Lagerinsassen schikanierten. In dieser Gleichgültigkeit verlor man jeden Sinn, ja selbst das Bewusstsein für den eigenen Hass. Es gab keine Fragen mehr und keine Antworten. Man lebte und war doch tot. Nur noch dem stumpfen Hass der braunen Schergen ausgeliefert. Ein fundamentaler, selbstgefälliger Hass mit System. Unbarmherzig, ohne Gnade und Liebe. Das einzige Ziel: Töten, vernichten, zerstören! Ein System ohne Hoffnung und Zukunft.

KAPITULATION

Die am 9. Mai 1945 unterzeichnete bedingungslose Kapitulation Deutschlands wurde von dem Juden Samuel Schneider nicht bemerkt. Es war ein wunderschöner Tag mit wärmender Frühlingssonne und jubilierenden Vögeln in einer wiedererwachenden Natur. Die abgestumpften Seelen der Menschen wurden davon kaum berührt. Unzählige Menschen waren noch auf der Flucht. Aus Ost- und Mitteldeutschland. Überwiegend Frauen und Kinder und alte Menschen. Soldaten mit und ohne Uniform. Die Waffen hatte man irgendwo abgeworfen. In ein Gebüsch, in einen See, in einen Straßengraben. Der Krieg war vorbei.
Und der Mensch? War er jetzt ein anderer geworden? Oder war er nur müde? Vom Töten und Morden, vom Kämpfen und Siegen, vom Hass und der Unbarmherzigkeit gegen Menschen, die man vernichten musste, weil der Führer Adolf Hitler es so gewollt hatte. Nun gab es nur noch die Niederlage mit all ihrem Schrecken und ihrer Verzweiflung, die sichtbar vor Augen, die Überlebenden in die Depression drängte. Unzählige Menschen waren ohne Heimat. Von den Nazis verschleppte Menschen aus vielen Teilen Europas. Ziellos zogen sie auf den Straßen und Wegen dahin, auf der Suche nach Heimat. Doch die war verloren. Nur noch ein schmerzender Gedanke. Das monotone Brummen der Bombergeschwader war heute nicht zu hören.
Es wurde keine tödliche Bombenlast mehr über Deutschland abgeworfen.

Auch die Tiefflieger fehlten an diesem Tag, die sonst ungehemmt und erbarmungslos in den letzten Kriegstagen die Menschen auf den Straßen und Feldern beschossen hatten. Namenlose Menschen. Der Hunger zerrte in den Eingeweiden. Schlimmer noch war die Ungewissheit. Wie wird es weitergehen? Wo sind mein Mann, meine Frau, meine Kinder, meine Eltern? Ungewissheit und Hoffnungslosigkeit kann so quälend sein. Wer konnte die Nationen zählen, die an diesem 9. Mai 1945 einander begegneten. Sieger und Besiegte. Schuldige und Unschuldige. Fragende und Verzweifelte. Deutschland lag in Schutt und Asche. Und dann die Millionen von Menschen, die in einer dunklen Wolke von Zeugen über ihren Tod hinaus sich zu einer ewigen Anklage über dieses Land lagerte, das tausend Jahre dauern sollte, und schon nach gut zwölf Jahren ein Ende mit Schrecken fand.

Das Brandmal in der Seele kann man nicht einfach nur wegradieren. Es überdauert die Perfektion der Vernichtungsmaschinerie, in deren Sog Völker und Nationen mit hineingerissen wurden. Wie lange wird es brennen in der Seele.

Das *„Juda verrecke!"* war auch still an diesem Tag. Gottes Augapfel war furchtbar angetastet worden. Zwei Wochen nach der Kapitulation fällt ein Mann auf. An einem Schlagbaum eines englischen Militäpostens vor Bremervörde. Ein kurzbeiniger, etwas dickbäuchiger Mann. Die Augenklappe, die er trug, verlieh ihm ein wenig das Aussehen eines Seeräubers. Allzu eifrig geht er auf den Posten zu und hält ihm seinen Ausweis hin.

Heinrich Hitzinger, Feldwebel der deutschen Feld-
polizei. Allzu neu ist die Uniform, die er trägt. Der
englische Militärsoldat nimmt ihn und seine beiden
Begleiter fest. Er konnte zu dem Zeitpunkt noch
nicht wissen, dass dieser Feldwebel Hitzinger in
Wahrheit Heinrich Himmler hieß.

Diplomlandwirt Heinrich Himmler. In München
geboren. Fünfundvierzig Jahre alt. Herrschte im
Sinne des Endsieges und der Endlösung als Reichs-
führer-SS, Reichsinnenminister, Reichskommissar
für die Festigung des deutschen Volkstums, Leiter
der Heeresrüstung und Oberbefehlshaber zweier
Heeresgruppen an der Ostfront. Organisator des
Volkssturms und des Werwolfs, einer Terror- und
Mordorganisation in den von Alliierten besetzten
Gebieten. Verantwortlich für die gezielte Massen-
vernichtung vornehmlich jüdischer Menschen;
Kinder und Jugendlicher, Männer und Frauen jeden
Alters.

Der Mann, der sich dem Okkultismus hingegeben
hatte, und dessen Vorstellungen von Blut- und
Bodenmythos und Germanenkult geprägt waren, er
war an den Endpunkt seines Weges angekommen.
Im englischen Vernehmungslager, Nummer einund-
dreißig in Lüneburg, kommt seine wahre Identität
ans Licht.

Als er sich Tom Sylvester mit leiser Stimme als
Heinrich Himmler vorstellte und dabei die Augenklappe abnahm, hoffte er, unverzüglich als hoch-
geachteter Verhandlungspartner von den Alliierten
behandelt zu werden. Sein Gefühl für Schuld war
lange schon gestorben. Sein Herz war verhärtet.

Dennoch waren sie da wie ein Pfahl in seinem Fleisch: Die Erschießungskommandos, die Galgen und Gaskammern. Die grausamen Folterungen. Die millionenfache unwürdige und verachtende Behandlung, Tötung und Ermordung von Menschen. Von unschuldigen Menschen. Sie hatten nur einen Fehler. Sie passten nicht in das Menschenbild dieses kleinen, dunkelhaarigen Vasallen eines Adolf Hitlers. Aber sie waren immer noch da, die vielen Menschen. Sie riefen und schrien aus der unsichtbaren Welt ihre Anklage gegen den Menschen Heinrich Himmler. Dieser hatte ihnen nichts, aber auch gar nichts mehr entgegenzusetzen. Colonel Michael Murphy und ein hinzugezogener Arzt ließen im Hauptquartier der zweiten britischen Armee keinen Zweifel daran: Dieser Mann war Heinrich Himmler. Der Schreibtischmassenmörder, der mit wenigen Federstrichen Millionen von Menschen sterben ließ.

Fast genau zu dem Zeitpunkt, als Heinrich Himmler auf eine im Mund versteckte Giftkapsel biss und auf dem staubigen Boden der Vernehmungsbaracke starb, bekam Samuel Schneider seine erste Scheibe Weißbrot nach vielen Jahren des Leidens und der Entbehrung. Mit frischer Butter bestrichen und Zucker drauf. Er wusste nichts vom Ende Heinrich Himmlers. Er kannte ihn nicht, und er hasste ihn nicht.

Mit ungläubigen Augen starrte er auf das Weißbrot in seinen Händen und musste dabei an die Zeit denken, als seine Welt noch so geordnet und heil war in dieser wunderbaren großen Stadt Berlin.

Oft am Sonntagnachmittag ging er mit Vater und Mutter durch den Tiergarten spazieren. Auf einer Bank aßen sie dann ihren Butterkuchen und tranken rote Brause oder Kaffee aus der Thermoskanne dazu. Es gelang ihm nicht, seine Tränen zurückzuhalten, die ihm über sein unrasiertes Gesicht liefen und sich mit dem Zucker auf dem Weißbrot vermengten.

MINSTEDT

In Minstedt wollten etliche Leute einfach nicht darüber hinwegkommen, dass Amalie Behrens einen *Judenbengel* angeschleppt hatte. Zudem noch aus Sandbostel, das direkt vor der Haustür lag. Herbert und Meta Behrens wurde Samuel Schneider ebenfalls mehr und mehr zur Last. Nicht, dass sie etwa kein Mitleid mit diesem erbarmungswürdigen Menschen gehabt hätten. Nein, das war es nicht. Jude! Das Wort *Jude* hatten sie einfach noch nicht verarbeitet. Da hing so viel dran. Die Schatten der Vergangenheit, die noch so mächtig und so frisch waren. Das saß so tief und fest verankert in ihnen drin.

Jüdische Pest! Parasiten! Schnorrer und Betrüger! Weltfeind Nummer Eins! Weltverschwörer! Schänder des deutschen Blutes! Krebsgeschwür! Judenschweine! Judenschweine! Vernichten! Vernichten! Das deutsche Volk muss geschützt werden vor diesen Christusmördern. Von diesem Ungeziefer muss man befreit werden. Eines Abends wollte Herbert Behrens mit seiner Nichte Amalie mal sprechen. Irgendwie ahnte sie schon etwas, als er mit schlurfendem Schritt über die aus Lehm gestampfte Diele kam. Ein Steckschuss beim Polenfeldzug hatte ihn mit steifem Bein überleben lassen.

„Dat geiht nich mehr so wieter", begann er ohne Umschweife in seinem breiten Plattdeutsch. „Samuel mutt rut hier. De Lüüd schmiet uns sünst de Finster in!" Dann schwieg er und blickte abwartend seine Nichte an.

Er konnte sich in ihren großen blauen Augen erkennen. Ganz klein und ganz fern. Plötzlich verschwamm sein Bild in ihren Tränen, die ihr leise über das Gesicht liefen. Sie sagte kein Wort. Wie konnte sie auch. Ihre Kehle war wie zugeschnürt und sie spürte, wie sich ihr Herz verkrampfte, so, als wolle es jemand herausreißen. Es bleibt uns keine andere Wahl, dachte sie. Irgendwie spürte sie Mitleid mit ihrem Onkel und ihrer Tante und empfand zudem eine große Traurigkeit.

Sie mochte diese beiden Menschen. In ihren Kindertagen war sie oft bei ihnen gewesen. Einfach rübergelaufen. Tante Meta hatte in einem Glas im Küchenschrank immer Schokolade. Fein säuberlich zerbrochen. Zwei, drei Stückchen bekam sie meist auf einmal. Onkel Herbert setzte sie aufs Pferd, wenn er mit dem Fuhrwerk unterwegs war. Sie jauchzte dann vor Vergnügen, wenn sie vom hohen Pferderücken aus mit ihren strahlend blauen Augen die Welt erobern konnte.

Amalie Behrens zog noch in der gleichen Woche mit Samuel Schneider nach Reepenstein. Nicht weit von der Legumindkirche entfernt, oberhalb des Reykafelsens. Dort fanden sie in einem Fachwerkhaus bei Marie Meyer ein neues Quartier. Das Haus hatte eine große Küche mit einer halb in der Erde versenkten Speisekammer. Über fünf gemauerte Treppenstufen gelangte man von der Küche aus in den kühlen Raum. Durch eine andere Tür kam man direkt auf die Diele mit dem aus Lehm gestampften Fußboden. Ein mächtiger Kamin füllte die hintere Ecke der Diele aus.

Durch eine Seitenluke konnte man in ihm die Mettwürste, Speckseiten und Schinken zum Räuchern aufhängen. Dann brachte man die Buchenspäne zum Glimmen, bis der Rauch in dicken Schwaden nach oben zog.

Eine weitere Tür führte von der Diele in die gute Stube mit dem großen Kachelofen. Sie war wochentags verschlossen. Schließlich gab es noch eine kleine Kammer, die ebenfalls vom Dielenraum aus zu erreichen war. In ihr standen zwei Betten und ein großer Kleiderschrank. Vor einem trüben Spiegel befand sich eine alte Kommode, auf der eine weißemaillierte Blechschale und ein großer Wasserkrug ihren Platz hatten.

Das Haus war dick mit Reet gedeckt und grün bemoost. Auf dem Boden lagerte man Heu und Stroh. Noch vor kurzem hatten dort polnische und russische Kriegsgefangene geschlafen. Marie Meyer war nach dem 8. Mai 1945 als einzige Bewohnerin zurückgeblieben. Es war ihr Haus. Sie war sofort einverstanden, als die Tochter ihrer Schwester mit Samuel Schneider ankam.

„Ji köönt hier wohnen", sagte sie. „Wenn ji nich koomt, koomt annere." Ihr war es gleich, ob Russen, Polen oder Juden. „Wi sünd all ut den sülben Stoff mookt", meinte sie knapp und grinste dabei leicht in sich hinein. „Man heiroden, dat mööt ji, bevör ji in een Stuuv tosamentreckt", verlangte sie. „Ji köönt in de Komer mit de twee Bedden slapen. Un ick war vun nu an in de gode Stuuv wohnen."

Dabei guckte sie von einem zum anderen, drehte sich um und verschwand mit lebhaften, kleinen Schritten in ihre Küche.

HOCHZEIT

Amalie Behrens und Samuel Schneider standen auf der Diele. Das einzige Tageslicht fiel durch die große Dielentür. Es war schummrig auf der Diele, und es roch nach Heu und Stroh und Rauch, der nie richtig abzog und nach Mäusen, die sich in diesem Sommer 1945 so zahlreich in den Häusern breit machten. Samuel Schneider bemerkte, dass Amalie ein wenig weinte. Es fiel ihr ohnehin schwer, ihre Gefühle und Empfindungen nicht zu zeigen. Er fasste nach ihren Händen und schaute sie eine Weile stumm an. Dann sagte er:

„Ich liebe dich, Amalie Behrens, und ich bitte dich, meine Frau zu werden. Ich möchte, dass wir unser Leben teilen, solange wir auf dieser Erde sind. Ohne dich will ich nicht mehr sein."

Amalie legte ihren Kopf an seine Brust. Er atmete tief und abwartend.

„Ich liebe dich auch, Samuel Schneider, und ich will gerne deine Frau werden", erwiderte sie und ihre Tränen wurden durch ein leichtes Schluchzen verstärkt.

Doch dann wurde sie beide ganz still. Sie hielt sich ganz fest an Samuel, und er hielt sich ganz fest an Amalie. Nachdem sie wohl noch gut zwanzig Minuten so aneinander gepresst auf der halbdunklen Diele gestanden hatten und nichts außer ihren Herzschlag und ihren Atem spürten, suchten sie ihre paar Personalpapiere zusammen und machten sich auf den Weg zu Bürgermeister Wilhelm Gerken, der sie standesamtlich trauen sollte.

Marie Meyer hatten sie als Trauzeugin mitgenommen. Als zweite Trauzeugin setzte Wilhelm Gerken kurzerhand seine Frau Hildegard ein. Als sich alle in dem großen Wohnzimmer der Gerkens versammelt hatten, drückte Marie Meyer ihrer Nichte eine kleine Schachtel in die Hand.

„Vun mi un Hannes", erklärte sie kurz. Amalie blickte sie fragend an.

„Pack ut!", forderte sie ihre Nichte auf.

Umständlich öffnete die junge Frau die Schachtel. Als wenn sie es schon ahnte, wendete sie sich an ihre Tante.

„Dat moat aber nich ween", Tante Marie.

Sie hob die Watte hoch und sah die beiden goldenen Ringe.

„Ick bruuk se nich mehr", versicherte Marie Meyer. Ihr Mann war im letzten Winter an Lungentuberkulose gestorben. „Hannes hett bestimmt nix dorgegen. Ick wünsch jo, dat ji glücklich warrt." Amalie nahm sie in den Arm.

„Danke, danke, Tante Marie, dat warr ick di ni nich vergeten", flüsterte sie ergriffen.

Samuel freute sich ebenfalls auf seine stille Art, als er mitbekam, was da geschah und bedankte sich, indem er Tante Maries rechte Hand ergriff und den Kopf vor ihr verneigte. Er wurde plötzlich sehr froh darüber, dass er mit Amalie in dem Haus dieser Frau wohnen durfte. Licht und Finsternis sind so dicht beieinander. Die Ringe sind ein Zeichen, dachte er, und sie werden ein Zeichen dafür sein, dass Amalie und ich auf dieser Erde für immer zusammengehören. Nur der Tod kann uns trennen.

Ja, der Tod kann trennen. Das hatte er in den vergangenen Jahren immer wieder schmerzlich erfahren. Und jetzt werde ich eine junge Frau aus dem Volke heiraten, das die Juden gehasst und getötet hat. Ist das Kriegsende auch das Ende des Hasses? Bürgermeister Gerken war der richtige Mann für die Trauungszeremonie. Als die Engländer am 19. April 1945 in den Ort einrückten, brauchten sie keine vierundzwanzig Stunden, um Wilhelm Gerken als Bürgermeister von Reepenstein einzusetzen. Musiklehrer war er bis zu seiner Pensionierung gewesen.

Er sei ein Lehrer für Klassik hatte er immer wieder behauptet und sich damit stets erfolgreich um „*Die Fahne hoch*" oder „*In einem Polenstädtchen*" herumgedrückt zwischen dreiunddreißig und fünfundvierzig.

Die Engländer nahmen es dem leicht gebeugten Fünfundsiebzigjährigen ab. Ohnehin machte er mit seiner Silbermähne eher den Eindruck eines Ludwig van Beethoven.

„Kommt einmal etwas näher ihr beiden", forderte er Samuel und Amalie auf. „Ihr wollt also vor Gott und der Welt einen Bund fürs Leben eingehen?"

Die beiden nickten. Längst hatte der Bürgermeister den Papieren entnommen, dass Amalie Behrens aus Minstedt kam und evangelisch-lutherisch war, und dass Samuel Schneider aus Berlin über Sandbostel kam und Jude war. Das konnte man jedenfalls seinem Entlassungsschreiben aus dem *Stalag XB Sandbostel* entnehmen. Zunächst stellte er Samuel Schneider einen vorläufigen Ausweis aus.

Dann bereitete er mit klaren Schriftzügen die Hochzeitsurkunde vor.

„Setzt euch mal dort auf das Sofa neben dem Klavier!", bat er. Das Brautpaar versank in dem dunkelroten Plüschsofa.

Wilhelm Gerken stellte sich vor den beiden auf. In der Hand hielt er eine Bibel. Marie Meyer und Hildegard Gerken stellten sich rechts und links neben ihn. Der alte Mann fuhr mit der Rechten durch sein silbergraues Haar.

„So, mit der Hochzeitsurkunde sind wir so weit. Sie muss nur noch unterschrieben und gestempelt werden", begann er. „Deshalb frage ich dich jetzt, Samuel Schneider. Willst du Amalie Behrens zu deiner Frau nehmen? Sie lieben, achten und ehren? Ihr beistehen in guten wie in schweren Zeiten, bis dass der Tod euch scheide? So antworte: Ja, mit Gottes Hilfe!"

„Ja, ich will, mit Gottes Hilfe!", antwortete Samuel Schneider mit klarer Stimme.

Er wusste mit seinen zwanzig Jahren schon sehr gut, dass Gott allein seine Hilfe sein würde, und dass es einen Jeschua gab, einen Jesus Christus, der mit ihm sein wollte, alle Tage. Jeschua, der Name Gottes auf dieser Erde. Er hatte mit ihm gelitten in Sandbostel. Nun würde Jeschua seine Freude sein in einem neuen Leben mit Amalie Behrens.

„Ja", wiederholte er noch einmal mit leiser Stimme, „ja, mit Gottes Hilfe!" Als wurde er sich der Situation in diesem Augenblick erst richtig bewusst, musste er plötzlich von einem zum andern sehen. Der Bürgermeister, dessen Frau, Marie Meyer und natürlich Amalie.

Dieser Moment erschien ihm kaum begreifbar. Eine Wirklichkeit, die ihm plötzlich so unwirklich erschien. Sandbostel! Ja, das konnte er nachvollziehen. Angst und Tod und Hunger. Diese ohnmächtige Einsamkeit, mit der man jeden Tag leben musste. Hilflos gegen seine Peiniger. Das war wie gestern oder wie vor einer Stunde. Das war wie jeden Tag in vielen Jahren. Es war wie Kindheit und Jugend und alt werden. Und nun das hier. Samuel Schneider stemmte sich gegen den Film der Vergangenheit.

Reichspogromnacht, Verfolgung, Verhaftung, Sachsenhausen und Sandbostel. Zusammengedrängt in den Jahren, wo er vom Jungen zum Mann werden musste. Wie alt bin ich nur, fragte er sich. Wie alt bin ich nur? Jeder konnte bemerken, wie er innerlich in sich zusammensackte.

Der grauhaarige Bürgermeister war still geworden und Marie Meyer machte den Anschein, als wolle sie auf ihn zugehen, um ihn zu stützen, obwohl er auf dem Plüschsofa saß. Amalie Behrens hatte ihren Arm um ihn gelegt und streichelte ihm die Wange. „Es ist gut, Samuel", sagte sie leise. „Es ist gut." Er nickte wie zur Bestätigung. „Ja, es ist gut", wiederholte er und atmete tief durch. Dann schaute er wieder mit aufmerksamen Augen auf den Bürgermeister. Der erhob erneut die Stimme und fragte mit feierlicher Miene:

„Amalie Behrens? Willst du Samuel Schneider zu deinem Mann nehmen? Ihn lieben, achten und ehren? „Ihm beistehen in guten wie in schweren Zeiten, bis dass der Tod euch scheide? So antworte: Ja, mit Gottes Hilfe!"

Amalie Behrens war wohl selbst verwundert, dass sie an dieser Stelle nicht weinen musste. Dafür weinte Tante Marie und knüllte ihr weißes Spitzentaschentuch unruhig von einer Hand in die andere.

„Ja, ich will, mit Gottes Hilfe", antwortete Amalie und sie fühlte, wie ihr Herz weit wurde mit einer unendlichen Freude und Liebe für den Mann an ihre Seite.

Der Bürgermeister versuchte seine Gestalt noch einmal zu recken, bevor er mit feierlichen Worten sagte: „Damit erkläre ich euch beide, Samuel Schneider und Amalie Behrens, zu Mann und Frau. Bitte steckt euch die Ringe auf!"

Während die beiden sich die Ringe gegenseitig auf den Finger schoben, schlug Wilhelm Gerken noch einmal wichtig die Bibel auf und las aus dem Matthäusevangelium im neunzehnten Kapitel, Vers sechs, die Worte vor: *„Was nun Gott zusammengefügt hat, das soll der Mensch nicht scheiden!"*

Samuel und Amalie standen vor ihm und blickten erwartungsvoll auf ihn, als würde da noch etwas kommen. Dieses stumme Fragen der beiden schien den Bürgermeister wohl doch etwas aus der Fassung zu bringen.

„Küssen!", nickte er den beiden ermutigend zu. „Ihr dürft euch nun küssen. Man zu, Amalie und Samuel Schneider!"

Samuel stand da mit herunterhängenden Armen, und mit einem versunkenen Lächeln blickte er auf seine Frau. Amalie zögerte nicht lange. Sie nahm den Kopf ihres Mannes in beide Hände und gab ihm einen etwas heftigen Kuss mitten auf den Mund.

Wie erwacht, nahm nun Samuel seine Frau fest in die Arme und erwiderte ihren Kuss. Danach rutschten beide erneut in das dunkelrote Plüschsofa und Tante Marie und Hildegard Gerken setzten sich in die dazugehörigen Sessel. Das Hochzeitspaar, der Bürgermeister und die Trauzeugen unterschrieben die Hochzeitsurkunde. Dann ging Wilhelm Gerken ans Klavier und spielte auswendig und hingebungsvoll den Hochzeitsmarsch von Felix Mendelssohn-Bartholdy, dieses so begabten und doch so jung verstorbenen jüdischen Komponisten.

Samuel konnte sich an die Klänge des Hochzeitsmarsches erinnern. Seine Eltern hatten immer wieder Grammophonaufnahmen von ihm gehört. Wie nahe rückten Josua und Lea Schneider doch durch diese Klänge. Wilhelm Gerken vermochte es nicht zu ahnen. Ob sie noch leben? Jeschua, du weißt es! In die überschwängliche Freude dieses glücklichen Momentes hinein, mischte sich ein unendlich tiefer Schmerz, den Samuel Schneider ganz allein in sein Herz einschloss und mit niemandem jetzt teilen wollte.

Felix Mendelsshon Bartholdy. Auch wenn der Vater des Komponisten zum Protestantismus übergetreten war, so blieb er doch für die Nationalsozialisten wegen seines jüdischen Blutes eine Schande. Von Richard Wagner wurde er bekämpft.

Von Friedrich Nietzsche wurde er für *einen schönen Zwischenfall der deutschen Musik* gehalten.

Für Wilhelm Gerken war der Hochzeitsmarsch dieses Komponisten genau die richtige feierliche Untermalung der Trauungszeremonie. Die Klänge erfüllten den Raum.

Wie ein temperamentvoller erfrischender Regen im Maimonat legte er sich auf die Gemüter der Anwesenden. Danach füllte Hildegard Gerken sechs Weingläser mit selbst angesetztem Johannisbeerwein. Sie bildeten einen Kreis und stießen an auf die Zukunft des jungen Paares, die gerade begonnen hatte und wünschten ihm Glück und Segen.

Als sie die gute Stube des Bürgermeisters verließen, drehte sich Tante Marie noch einmal zu ihm um: „Wilhelm, dat hest du meist beter mookt as uns Pastuur."

Er wollte das Lob abschwächen, indem er darauf verwies, dass der Reepensteiner Pastor Herbert Lienecke ja seit Stalingrad vermisst sei, und dass die erste Trauung in Reepenstein nach Kriegsende ja auch ein bisschen feierlich zugehen musste. Insgeheim war er sich aber nicht sicher, ob Pastor Lienecke einen Juden und eine Arierin getraut hätte. Umso mehr erfüllte ihn eine tiefe Zufriedenheit darüber, dass er für Amalie Behrens und Samuel Schneider den Bund für das Leben besiegeln durfte.

21. JUNI 1946

Die Zeit geht so schnell dahin. Es wird Morgen und es wird Abend. Jeder Tag vergeht wie ein Haschen nach dem Wind. Doch dann sind sie wieder da, die Schatten und die Gedanken, die immer wieder die Bilder der Vergangenheit zur Gegenwart machen.

Wenn Samuel Schneider so etwas genoss wie Glück, dann waren es zweifelsohne Amalie und Reepenstein und dann Joschko, der Sohn, der ihnen wie ein kostbares Geschenk das Leben zusätzlich so reich machte.

Joschko wurde am 21. Juni 1946 geboren. Amalie hatte noch Schweiß auf der Stirn, als sie ihren Sohn zum ersten Mal im Arm hielt.

„Er kommt von Gott - ja?" Sie schaute auf Samuel. Er lächelte und nickte ihr bestätigend zu.

„So ist es, Amalie. Er ist ein Geschenk. Ein Geschenk für uns von unserem himmlischen Vater. Wir wollen dafür danken." Vorsichtig legte er eine Hand auf Joschkos Kopf und die andere auf die Stirn seiner Frau.

„Großer, allmächtiger Schöpfer, der du Leben schenkst und Leben nimmst. Dir sei Ehre, Ruhm und Dank für dieses neue Geschöpf. Es ist in deine Welt gekommen. Und Amy ist seine Mutter. Ich segne sie und Joschko im Namen von Jeschua und hilf mir, ein guter Vater zu sein!"

Am achten Tag nach der Geburt des Joschko David Schneider fuhren die Eltern mit ihrem Kind im Triebwagen nach Zeven ins Martin-Luther-Krankenhaus. Hier ließen sie ihn beschneiden nach alter Väter Sitte.

So, wie Gott es dem Stammvater Abraham geboten hatte. *Alles, was männlich ist unter euch, soll beschnitten werden; eure Vorhaut sollt ihr beschneiden! Als Zeichen des Bundes zwischen Gott und seinem Volk.*

Dann war da noch die Reyka, die unaufhaltsam ihr modrigbraunes Wasser vorantrieb und am Reykafelsen vorbeischob und sich weder um Zeit noch Stunde scherte. Samuel Schneider liebte in einer eigenartigen Weise diesen Fluss. Doch wenn man ihn gefragt hätte, warum, so wäre er eine Antwort schuldig geblieben. Es war kaum ein Jahr später. Als das erste Sonnenlicht an diesem Morgen am Reykaufer durch nebelfeuchte Spinnengewebe flimmerte, war Marie Meyer nicht mehr. Sie war in der Nacht still eingeschlafen und hatte sich mit einem zufriedenen Lächeln in den Mundwinkeln verabschiedet. Keine vier Wochen war es her, dass sie sich den Oberschenkelhals gebrochen hatte. Sie wollte nicht operiert werden.

„Ne, ne, ik verlat min Huus nich, wat schall dat ok. Hannes warrt sik freuen, wenn ik to em koom." Eine Woche vor ihrem Tod bekam sie eine Lungenentzündung, die sie heftig schüttelte. Immer wieder wischte Amalie ihr mit einem feuchten Tuch die Stirn. Sie muss es wohl geahnt haben, dass es bald mit ihr zu Ende gehen würde. Am Abend vor ihrem Tod verlangte sie Samuel und Amalie zu sich ans Bett.

„Ik warr nu bald gohn", flüsterte sie mit halblauter Stimme. „In Sekretär heff ik all Papiern torechtmakt un dor liggt ok dat Testament." Sie schwieg.

Nach einer Pause sprach sie leise weiter. „Dat Huus gehört ju. Hannes ward sick freuen, wenn he hört, dat ji wieder in uns Huus wahnen warrt." Sie atmete schwer. „Gröt Joschko, min Lütten. He hett mi noch veel Freud geben. Ik dank jo."

Dann schaute sie eine Zeit lang stumm auf die beiden. Obwohl sie sich niemals über ihren persönlichen Glauben geäußert hatte, sagte sie plötzlich: „Ik glöv uns Heergott hett jo leef. He warrt sin Hand över jo holen."

Amalie weinte und küsste ihrer Tante die Stirn.

Sie lächelte still. Es war das gleiche Lächeln, das sie am nächsten Morgen in ihrem Gesicht bemerkten, als ihre Seele schon längst den Körper verlassen hatte.

BESENMARTIN

Es mag wohl Mitte März gewesen sein. Oder eher Anfang März? Die Frühjahrsstürme tobten heftig durch die Kiefernwälder und steigerten sich in ihrer hektischen Geschwindigkeit, wenn sie ungebremst über die feuchten Wiesen und braunen Heideflächen jagen konnten. In Reepenstein hakten sie sich an den Häuserecken fest und verursachten kleine Wirbel, die das Buchenlaub des Vorjahres hochrissen und über den Mühlenseeplatz trieben. Joschko David Schneider lief die Reyka entlang. Der Wind wollte ihn in seinem übermütigen Lauf bremsen. Heftig atmend überwand er mit fröhlichem Lachen den wilden Kampf des heranstürmenden Gesellen. Er ruderte mit den Armen und stemmte sich ihm mit seinem ganzen Körper entgegen.

Schließlich erreichte er die Reykabrücke, die die Mitte des Ortes mit dem Mühlenseeplatz verband. Sein Atem wurde langsamer und beruhigte sich. Mit schnellen Schritten trat er auf den Brückensteg. Ein Mensch kam ihm entgegen. Besenmartin! Mit schleppenden Schritten zog der Alte seinen Handwagen hinter sich her. Die Last hoch aufgetürmt. Aus Weidenruten geflochtene Körbe. Kleine und mittelgroße Einkaufskörbe. Große, bauchige Wäschekörbe. Alle miteinander verbunden und festgezurrt und nur Besenmartin verstand es, mit einigen kurzen Griffen den Verkaufsgegenstand aus der Verknüpfung herauszulösen, ohne dass ihm sein ganzes Warensortiment entgegen fiel. An den Seiten seines Handwagens baumelten Reisigbesen hin und her.

Die Holzbrücke erbebte leicht unter den eisen-beschlagenen Rädern seines Handwagens. Allein mit Besenmartin auf der Brücke. Da beschlich den zehnjährigen Joschko eine eigenartige Angst, ein furchtsames Unbehagen. Mit den anderen Jungen zusammen hätte er sich nicht gefürchtet. Der Mann kam mit seinem Handwagen näher. Er kannte Joschko. Er kannte die Jungen, die immer wieder ihren Spott mit ihm trieben, wenn er sich, das linke Bein leicht nachziehend, mit seinem Verkaufs-wagen von Haus zu Haus mühte.

Direkt vor dem Jungen blieb er stehen. Unzählige Falten und Furchen durchzogen sein bitteres Ge-sicht. Ein grauer Haarkranz. Die karierte Stoff-mütze, speckig und filzig, schräg auf dem Kopf.

„Ich kenne dich!", schrie er laut gegen den Wind. Joschko nickte hilflos und vermochte sich nicht weiter zu bewegen.

Besenmartin trat auf ihn zu und tippte ihm heftig mit dem Finger vor die Brust.

„Ich kenne dich, du Judenbengel!", kreischte er plötzlich mit sich überschlagender Stimme. „Du hast kein Recht in diesem Ort zu hausen! Vergessen haben sie dich. Dich und deinen Vater und die Mut-ter gleich mit, diese Judenhure!" Joschko erstarrte und mochte sich nicht von der Stelle rühren.

„Mit euch hätten wir es allemal gemacht!", keifte das zur Fratze entstellte Gesicht weiter auf ihn ein.

„Nichts wäre von euch übrig geblieben und die Würmer hätten ihre Freude an euch gehabt." Er musste Luft holen. „Judenbrut! Christusmörder! Dass ihr euch überhaupt noch in eine ehrbare deutsche Stadt wagt!"

Er erhob die Faust, als wolle er auf Joschko einschlagen. Wie zum Schutz hob dieser abwehrend beide Arme. Doch dann ließ der Besenbinder die Faust sinken und starrte ihn aus schmalen Augenschlitzen an.

„Eure Zeit wird wiederkommen! Darauf warten wir. Dann kriegen wir euch endgültig! Wir kriegen euch alle", zischte er durch seine angefaulten Zahnreihen und spuckte vor dem Jungen auf die Bohlen der Holzbrücke.

Joschko stand wie erstarrt und blickte dem Mann nach, wie er schlurfend mit seinem Handwagen gleich hinter der Brücke links in den Uferweg einbog. Weidenbüsche, Erlen und knorrige Eichen nahmen Besenmartin bald aus der Sicht des Jungen. So stand er dort noch eine Zeit lang, erschrocken, erstarrt und unfähig, seinen Weg fortzusetzen, weil die Worte des Korbflechters ihm die Beine lähmten und in seinen Gedanken herumstürmten. Sie hinterließen bei ihm eine Angst, die sich tief in seiner Seele verankerte und über die er mit niemandem sprechen wollte.

Als er später seinen Freund Janek Winter am Reykafelsen traf, warfen sie Steine vom Opferfelsen in die Reyka. Jedes Mal, wenn die Steine auf die Wasseroberfläche klatschten, stellte sich Joschko vor, habe er Besenmartin getroffen.

Immer kleiner und krummer wurde der Besenbinder dabei, bis er schließlich gänzlich aus seinem Kopf verschwunden war. Doch als er am Abend mit seinen Eltern in der Küche beim Abendbrot saß, rasten seine Gedanken erneut durcheinander.

Das Geschehen mit Besenmartin stand ihm wieder bildhaft vor Augen, so stark, dass er meinte, er könne jeden Moment zur Tür hereinkommen.

„Vater, Mutter, ich glaube, dass Besenmartin ein schlimmer Mensch ist, der Juden nicht mag. Dabei bist du doch nur ein richtiger Jude, nicht wahr Vater!" Dann berichtete er stockend, wie ihm Besenmartin auf der Reykabrücke begegnet war.

„Es ist der alte Hass gegen das Volk der Juden, Joschko", versuchte sein Vater zu erklären. „Ich weiß nicht, ob du es schon verstehst. Aber ich sage es auch, damit deine Mutter es versteht. Es ist ein Hass der Jahrhunderte überdauert hat und der noch immer die Menschen beherrscht. Es werden Zeiten kommen, wo dieser Hass in seinen Auswirkungen einen Adolf Hitler und das deutsche Volk noch übertreffen wird."

Amalie schüttelte betroffen den Kopf. „Es muss doch einmal vorüber sein. Der Mensch hat doch auch ein Bedürfnis nach Frieden und Harmonie, nach Ausgleich und Vergebung. Das kann doch nicht immer so weitergehen! Die Saat ist doch schon in so furchtbarer Weise aufgegangen in dem deutschen Volk. Wird es denn niemals ein Ende haben?"

„Es ist wie zwischen Kain und Abel", versuchte Samuel seiner Frau zu erklären. „Kain erschlug seinen Bruder, weil er eifersüchtig und neidisch war."

Er suchte nach Worten. „Weil er ihm den Segen Gottes missgönnte. So ist es heute immer noch zwischen den Menschen. Er überlegte, wie er fortfahren könnte.

„Besonders wirkt sich diese Haltung gegen das Volk der Juden aus, dem die Bibel zuschreibt, dass es Gottes Augapfel sei. Doch gleichermaßen behaftet mit Fehlern, Sünde und Schuld wie alle Menschen auf dieser Erde. Wir müssen immer darauf vertrauen, dass wir unter dem Schatten und Schirm des Allmächtigen bleiben."

Amalie Behrens nahm ihren Jungen in den Arm und strich ihm sanft über sein schwarzes glattes Haar. „Versuche zu vergessen, Joschko, Gott liebt dich und wir lieben dich. Das ist genug. Denke nicht böse über die Menschen, die dich hassen. Sie haben noch gar nicht erkannt, dass Gott sie liebt. Ja, dass es ihn überhaupt gibt. Sie sind blind und bitter. Vielleicht wissen sie noch nicht einmal richtig, warum sie auf der Welt sind." Joschko lächelte seine Mutter an.

„Und was ist, wenn ich Besenmartin wieder treffe?"

„Dann grüße ihn einfach freundlich und gehe weiter. Höre nicht auf seine Worte, die er dir dann hinterherruft!" schlug sie ihm vor.

LIENECKE KEHRT ZURÜCK

Mitte Mai 1955 kehrte Pastor Lienecke zurück. Die Eisheiligen ließen es kalt regnen. Danach war es heiß geworden und ein Wachsen und Gedeihen hatte begonnen. Viele Flüchtlinge aus Ostpreußen oder Schlesien, aus der Ukraine oder Siebenbürgen, wohnten in Reepenstein immer noch in bescheidenen Verhältnissen. Jenseits der Reyka. In Holzbaracken und Nissenhütten. Hier und da hatten sie Arbeit gefunden, beim Bauern, als billige Knechte, oder im nahe gelegenen Torfwerk, als schlecht bezahlte Arbeiter. Sie waren fleißig, unermüdlich und ohne laute Klage. Dann und wann brannten ihre Seelen über den Verlust der Heimat und der Menschen, die sie geliebt hatten, die im Kriegswinter vierundvierzig/fünfundvierzig ihr Leben auf der Flucht verloren hatten, oder die im Krieg gefallen waren. Dann konnte es schon vorkommen, dass sie den Schrei ihrer Seele mit selbstgebrautem Kartoffelschnaps zu ertränkten versuchten.

Die Alten starben schnell, als sie in Reepenstein zur Ruhe und Besinnung gekommen waren. Genau wie die Pferde, die ungezählte Kilometer die Menschen auf den Leiterwagen vor den russischen Truppen gen Westen gezogen hatten. Wenn sie es dann geschafft hatten, der Zielort war erreicht, dann blieben sie stehen und fielen einfach um. Vielleicht erfuhren die Alten den Verlust der Pferde besonders schmerzlich.

Mit dem Sterben ihrer geliebten Vierbeiner starb noch das letzte Stückchen Heimat, die schon in so weite Ferne gerückt war.

Der Heimkehrer Lienecke war an diesem Tage der einzige deutsche Soldat, der neben einigen Zivilinternierten aus russischer Kriegsgefangenschaft kam. Im Lager Friedland wurden die Heimkehrer mit dem Choral „*Nun danket alle Gott*" begrüßt.

Lienecke kam in ein anderes Deutschland. Die Grenzen des Deutschen Reiches vom 31.12.1937 gab es nicht mehr. Der Westteil des alten Hitlerdeutschlands, der bis 1949 amerikanische, britische und französische Besatzungszone war, hieß nun Bundesrepublik Deutschland. Hinter ihm lag die Deutsche Demokratische Republik, die so genannte Russenzone. Die Ostgebiete des Deutschen Reiches, jetzt durch Oder und Neiße abgetrennt, waren unter polnischer, beziehungsweise unter sowjetischer Verwaltung. Lienecke musste sich völlig neu orientieren.

„Einigkeit und Recht und Freiheit sind des Glückes Unterpfand". Diese neuen Initialen standen für den demokratischen Staat Bundesrepublik Deutschland. Gegen die Diktatur der Vergangenheit.

Es war alles so anders, alles so verändert.

Auch in den Köpfen? fragte er sich. Wer weiß schon, was in den Köpfen vor sich geht. Ein Plakat fiel ihm ins Auge. *„Dreigeteilt? Niemals!"*

Mit dem Zug fuhr er über Harburg und Tostedt. Dann stieg er noch einmal in den Triebwagen um. Etwa vierzig Minuten später erreichte er Reepenstein. Ein kleines Empfangskomitee hatte sich eingefunden. Einige Posaunen, Trompeten und Hörner waren zusammengekommen.

Als Lienecke in Reepenstein auf dem Bahnsteig stand, spielten sie: „*Ich bete an die Macht der Liebe!*" Ein paar Frauen waren mitgekommen. Sie konnten nicht umhin, in ihre Taschentücher zu schnäuzen. Tränen liefen über gut genährte, glatte Gesichter. Lienecke sah abgezehrt und hager aus. Lilo fehlte.

„Sie wartet auf dich daheim", flüsterten sie ihm ergriffen zu. „Die seelische Belastung war für sie zu groß!"

Wilhelm Gerken konnte nicht mehr dabei sein. Er war im letzten Dezember unauffällig und still davongegangen. Für immer. Samuel und Amalie Schneider waren sehr traurig darüber gewesen und hatten geweint. Es war ihnen, als hätte ein guter Freund sie verlassen.

„Er war ein Mensch", hatte Samuel gesagt, „ein richtiger Mensch", und Amy hatte ganz fest dazu genickt.

Woher sollte Lienecke wissen, dass Wilhelm Gerken die ersten Jahre nach der Kapitulation Bürgermeister von Reepenstein gewesen war. Niemals hatte er zu diesem Mann irgendeine besondere Beziehung gehabt. So würde er auch jetzt, nach seinem Tod, kaum viele Gedanken über ihn verlieren. Lienecke war schlank geworden. Tiefe Falten und Furchen durchzogen sein hageres Gesicht. Ein altes Gesicht, in dem sich die Bartstoppeln der langen Bahnfahrt abhoben. An der linken Stirnseite zog sich eine rote Narbe, die von einem Streifschuss herrührte, bis zum Haaransatz. Ein Teil der Narbe wurde von seiner Mütze verdeckt.

Gustav Kraußkopf versuchte sich mit einer kleinen Begrüßungsrede: „Willkommen in der Heimat, Herr Pastor Lienecke. Reepenstein freut sich, dass Sie wieder da sind. Wir wünschen Ihnen einen guten und von Gott gesegneten Neuanfang."

Den Begriff Vaterland, das ja jetzt dreigeteilt war, ließ er bewusst weg und auch, dass er sich für sein Volk und sein Vaterland verdient gemacht habe, passte nach seinem Empfinden heute nicht mehr in eine Begrüßungsrede.

„Wie schön, dass sie leben", sagte er noch und stierte dabei auf Lieneckes Stirnnarbe.

Irene Kraußkopf überreichte dem Heimkehrer ein paar späte Narzissen. Dabei strahlte sie ihn mit ihrem Jahre lang eingeübten geschäftsmäßigen Lächeln an. Umso mehr überraschte es sie, dass Herbert Lienecke ihre freundliche Geste fast übersah und mit einem ausdruckslosen Gesicht die Blumen entgegen nahm.

„Ich danke Euch", sagte er mit belegter Stimme. „Ich möchte jetzt gleich ins Pfarrhaus, oder hat es schon einen Nachfolger gegeben?"

Die Umstehenden schüttelten heftig den Kopf, als wäre es eine Zumutung, so etwas überhaupt laut zu denken. Dabei hätte sich bei allen Bemühungen sowieso niemand gefunden.

Viele Geistliche waren im Feld geblieben. Die meisten, die ihre Stimme gegen die National-sozialisten erhoben hatten, waren im KZ verstorben oder sie waren direkt von den Nazischergen umgebracht worden. Wie verhielt man sich den Angehörigen dieser Pfarrer und Pastoren gegen-über?

Sie wurden meist immer in der gleichen Weise über die Todesursache in Kenntnis gesetzt: *Herzkreislaufversagen, schwere Lungenentzündung, Herzstillstand.* Niemals auf Grund von mangelnder Ernährung, schwerer Folter oder Hinrichtung.

„Nein, nein!", versicherte Gustav Kraußkopf. „Es ist alles so geblieben, wie Sie es verlassen haben, oder sagen wir mal, fast so. Wir haben dafür gesorgt, dass der Garten gepflegt wurde und das Haus. Wenn Sie heute heimkommen, dann wird Lieselotte den Kaffee wohl schon fertig haben."

Der Anflug eines Lächelns huschte über Herbert Lieneckes Gesicht. Lieselotte Krämer. Vor dem Krieg, vor seiner Einberufung, war sie die Frau gewesen, mit der er sich eine lebenslange Verbindung gut hätte vorstellen können. Doch nun? Nun ist alles so anders, dachte er. Nie wieder kann es einmal so werden wie früher - oder? Zu viel war in seinen Weg gekommen. Zu viel Tod und Angst und Hunger - und Verrat. Hatte er Gott verraten? Pastor Lienecke, Feldkaplan der Wehrmacht im Panzergrenadierbataillon 621. Er spürte, wie sich sein Herz zusammenzog.

Sie fuhren in Kraußkopfs DKW die Bahnhofstraße entlang. Langsam und bedächtig. Der Zweitakter tuckerte unruhig. Hier und da bemerkten Lieneckes geschulten Augen noch ausgebesserte Einschussspuren an den Häusern. Das war meine Zeit, dachte er, nun muss ich im Eiltempo viele Jahre aufholen. Wie wird es mit mir und dem geteilten Deutschland wohl werden? Kraußkopf schien seinem Blick gefolgt zu sein und war froh, etwas dazu sagen zu können.

„Die Einschüsse stammen von den Engländern. Am 19. April 1945 haben sie den Ort eingenommen", erklärte er. „Vom Bahnhof her sind sie damals mit Schützenpanzern vorgerückt. Bis zur Ortsmitte. Immer wieder haben sie Maschinengewehrsalven durch die Hauptstraße des Ortes gefeuert. Schließlich ist Wilhelm Gerken mit weißer Fahne auf die Bahnhofstraße getreten und stand da, bis der erste Schützenpanzer ihn erreicht hatte. Kein Schuss ist von den Engländern in Reepenstein danach noch abgegeben worden."

„Ein mutiger Mann", stellte Lienecke nachträglich fest.

Als Kraußkopf vor dem Pfarrhaus hielt, fragte er den Heimkehrer:

„Werden Sie am Sonntag predigen, Herr Pastor?" Lienecke schwieg eine Zeit lang.

„Ich weiß es nicht. Ich kann es einfach jetzt noch nicht sagen. Haben Sie noch ein bisschen Geduld mit mir. Bin ja gerade erst angekommen."

Nachdem er ausgestiegen war, klemmte er seinen Pappkarton unter den Arm und zupfte die rostfarbene Arbeitsjacke etwas glatt. Dann schritt er langsam und müde die Stufen zur Haustür hinauf. Die Kirche werde ich mir morgen ansehen, überlegte er.

Lieselotte machte ihm die Tür auf und erschrak. Sie blickte in ein altes, abgezehrtes Gesicht, das nur noch wenig Ähnlichkeit mit dem Herbert hatte, der damals 1939 als ihr Verlobter einrückte.

Sie nahm ihm den Pappkarton ab und umarmte ihn. Er stand steif und stumm, unfähig, ihre Herzlichkeit zu erwidern.

„Es gibt Birnen mit Bohnen und Speck als Begrü-
ßungsessen", verriet sie ihm, „die isst du doch so
gern."
Es war schon im Hausflur zu riechen. In der Tat,
sein Lieblingsessen. Er fragte sich, ob ihm dieses
schwere Essen überhaupt bekommen würde. Zwölf
Jahre war er nun in russischer Kriegsgefangenschaft gewesen. Da gab es dieses Essen nicht. Lilo
hatte eine Flasche Mosel dazu gekauft. Als sie
zusammen anstießen, schaute sie ihn eine Weile
wortlos an. Es schien ihm, als hätte sie die offizielle
Begrüßungsszene vorher eingeübt.
„Herbert, Herbert", begann sie halblaut, und er
wusste, dass ihr Schmollmund nicht zu ihren
feierlichen Worten passen würde.
„Herbert", wiederholte sie noch einmal. „Ich habe
immer fest daran geglaubt, dass du zurückkommst."
Er nahm es ihr nicht ab. Doch er schwieg, um ihre
selbstorganisierte Feierlichkeit nicht zu blockieren.
Ihm war der Mosel zu sauer. Er mochte ihn nicht.
Früher nicht und auch heute nicht nach zwölf Jahren
Sibirien.
Am 31. Januar 1943, an einem Sonntag, hat sich
General Friedrich Paulus im Keller des Zentralen
Kaufhauses von Stalingrad ergeben. Er ließ sich von
Offizieren der 38. sowjetischen Panzergrenadier-
Brigade festnehmen.
Am 2. Februar 1943 endeten alle Kampfhand-
lungen. Mehr als 90.000 Landser gerieten in sow-
jetische Kriegsgefangenschaft. Für die meisten hieß
das neue Ziel Sibirien. Das war das Ende der 6.
Armee, die einmal aus etwa 250.000 Soldaten be-
standen hat.

„Kannst du dir Sibirien vorstellen?", fragte er Lieselotte.

„Es muss dort kalt sein, sehr kalt sogar", vermutete sie. Er lächelte.

„Das ist richtig. Es gibt dort wenig warme Tage. Erschöpfungen und Krankheiten gab es da und katastrophale Zustände in den Lagern und Bergwerken. Keine Sicherheit, keine Liebe, keine Zukunft. Ich bin eines der Wunder von wenigen Tausenden, einer der Letzten, die zurückkehren konnten aus einer kalten Hölle. Dabei haben wir nur das bekommen, was wir verdient haben. Dann möchte ich dir noch etwas erzählen."

Er schwieg eine Weile und es schien, als müsste er sich einen Ruck geben, um weiter zu sprechen.

„Das, was ich dir jetzt berichte, lag vor Stalingrad und vor Sibirien." Er schwieg wiederum, als würde ihm etwas den Mund verschließen. Doch dann brach es aus ihm heraus. Halblaut und unaufhaltsam.

„Kannst du dir einen warmen Junitag vorstellen, Lieselotte? Einen warmen Junitag 1942 in einem Waldstück in der Ukraine?" Lieselotte Krämer schüttelte den Kopf.

„Wie sollte ich, Herbert. Wie sollte ich mir das vorstellen können. Ich kann es nicht!"

„Es war ein großes längliches Loch", fuhr er fort, „das hatten sie von gefangenen Menschen ausheben lassen. Vielleicht fünfzig Meter lang und zehn Meter breit." Er schaute in ihre graugrünen Augen. „Du kannst es dir nicht vorstellen, Lilo, was da geschah, das nicht."

Sie blickte ihn fragend an und ahnte gleichzeitig, dass er ihr nun etwas Schreckliches berichten würde. Sie bemerkte kleine Schweißperlen auf seiner Stirn und ein nervöses Zucken in seinem Gesicht. Er verkrampfte seine Hände in dem Stoff der filzigen Hose. Dann rieb und wischte er sie entlang den Oberschenkeln, als wollte er sie reinigen, unbemerkt. Hände müssen sauber sein. Frei vom Schweiß und vom Schmutz und frei von Schuld.

„Es waren überwiegend Frauen und Kinder!", stieß er plötzlich hervor, als wäre dieser Ausspruch der Anfang einer erlösenden Beichte. „Frauen und Kinder und ältere Männer", wiederholte er. „Alte und junge Frauen, große und kleine Kinder. Sie standen am Rande der fertigen Grube. Die meisten schwiegen. Ein paar Kinder weinten. Eine alte Frau rief etwas auf Polnisch und zeigte immer wieder mit dem Zeigefinger ihrer rechten Hand zum Himmel." Er stockte. „Ich wusste, was sie meinte. Ich konnte es nur zu gut verstehen. Doch ich stand im Hintergrund. Noch hinter den Maschinengewehrschützen im Schatten einer mächtigen Kiefer."

Lienecke wischte sich Schweißperlen von der Stirn.

„Ich habe alles mit angesehen und gehört und habe geschwiegen. Mein Schreien steckt mir immer noch in der Kehle. Ich wollte schreien und schreien." Er atmete schwer.

„Doch ich konnte nur aus dem Schatten der mächtigen Kiefer heraustreten und an den Maschinengewehrschützen vorbei, langsam, wie gelähmt, auf die Grube zugehen."

„Halt! Bleiben Sie stehen, verdammt noch mal!", schrie ein SS-Offizier, blond und blauäugig, vielleicht gerade fünfundzwanzig Jahre alt. Er zielte mit seiner Pistole auf mich.

„Bleiben Sie stehen! Sie dürfen nicht weitergehen!" „Doch ich ging weiter und drehte dabei halb den Kopf zu ihm hin. Er zielte und schoss. Ich spürte einen Schlag und einen Schmerz an meinem Kopf und stürzte zu Boden." Er schluckte.

„Ich hatte überlebt. Es war nur ein Streifschuss, Lieselotte. Deshalb die rote Narbe hier an meiner linken Stirnseite."

Fast verlegen tippte er schnell mit dem Zeigefinger darauf, als ob die Frau die Folge der Schussverletzung noch nicht bemerkt hätte. Lieselotte Krämer hatte Tränen in den Augen.

„Mein Verhalten verschaffte mir einen vierwöchigen verschärften Arrest und eine Strafversetzung nach Stalingrad", fuhr er fort. „Die Frauen und Kinder haben sie alle noch in meinem Beisein erschossen, nachdem ich wieder zu mir gekommen war", fügte er leise hinzu. „Ich weiß gar nicht, wie es mit dem Sonntag werden soll? Ob ich predigen kann, oder ob ich überhaupt jemals wieder predigen kann. Dieser Schrei, dieser Schrei, den ich dort im Wald in der Ukraine ausstoßen wollte, er steckt immer noch in meiner Kehle."

Lieselotte Krämer zog ihren Stuhl ganz nahe an Herbert Lieneckes Stuhl heran. Dann legte sie ihren Arm um seine Schulter und zog seinen Kopf zu sich. Vorsichtig und sanft strich sie mit den Fingerspitzen ihrer rechten Hand über die rot glänzende Narbe.

DER NÄCHSTE TAG

Herbert Lienecke genoss den Pfarrgarten. Die Sonne glitzerte durch die Apfelblüten, um die sich die Bienen stritten. Nicht weit entfernt, hörte er das Plätschern der Reyka. Hier ist Friede, dachte er. Keine Kälte, kein Hunger, kein Schmerz. Dies hier ist Heimat. Daheim! Er versuchte Gott ein Dankgebet zu sagen und war überrascht, dass es ihm nicht gelang. Welche Worte? Was soll ich sagen? Gibt es noch Worte für Gott in meinem Herzen, überlegte er. Um die Hausecke herum kam ihm Kraußkopf auf dem Gartenweg entgegen. Als er vor dem Pastor stand, schwieg er zunächst und Lienecke spürte es ihm ab, wie schwer es fiel, sein Anliegen vorzutragen.

„Nun, Herr Kraußkopf, was haben Sie auf dem Herzen?" Gustav Kraußkopf schluckte kurz.

„Herr Pastor, Sie sind ja erst wenige Stunden wieder in Reepenstein. Es ist so vieles anders geworden in diesem Ort. Viele sind nicht zurückgekommen. Fast jeder Hof hat Söhne verloren. Johann und Martha Fitschen alle vier. Nun sitzen sie allein auf ihrem Sechzighektarhof. Keiner da, der den Hof übernehmen wird. Ein paar Russen sind geblieben. Die wollten nicht mehr zurück in ihr kommunistisches Heimatland. Sie haben Angst, dort als Verräter umgebracht zu werden. Gute Leute, die den Fitschens fleißig zur Hand gehen." Herbert Lienecke merkte, dass der eifrige Gemischtwarenhändler noch weit vom Thema entfernt war.

Gedankenverloren nickte er ihm zu. Kraußkopf fing nun an, über die Flüchtlinge zu berichten, die sich doch ganz gut in Reepenstein eingelebt hätten. Ebenfalls fleißige Leute, die sich vor keiner Arbeit scheuten. Weder im Torfwerk, noch in der Weberei, oder auf den vielen Höfen, in und um Reepenstein herum. Schließlich fragte er den Pastor, ob er sich noch an Marie Meyer erinnern könne.

„För eern Dod hätt se ehr Hus an ehre Nichte Amalie Behrens ut Minstedt forarvt", erklärte er plötzlich auf Plattdeutsch. „Se heet jo nu Schneider. Amalie Schneider. Fröer Amalie Behrens. Ehr Mann heet Samuel. Samuel Schneider. Een Söhn hefft se, Joschko. Det Familie leevt nu in dat Huus vunn Marie Meyer."

Herbert Lienecke schaute ihn ein wenig verständnislos an.

„Ja und?"

Der Gemischtwarenhändler kratzte sich ein wenig unschlüssig hinter dem Ohr. Doch als Posaunenchorleiter hielt er es für seine Pflicht, den Pastor vor der Predigt am Sonntag aufzuklären. Das sei einfach notwendig, dazu sei er verpflichtet, hatte ihn seine Frau Irene ermutigt.

„Er ist ein Jude!", stieß er schließlich hervor. Nun wieder auf Hochdeutsch. „Samuel Schneider ist ein Jude!"

Dabei sah er dem Pastor nicht direkt ins Gesicht. Er schaute einfach links an ihm vorbei und redete weiter, als würde er Sauerkraut in seinem Laden verkaufen.

„Seine Frau, die Amalie, kommt ja aus Minstedt. Ich sagte es bereits."

Er suchte nach Worten. „Sehr blond und blauäugig. Die hat den Samuel Schneider fünfundvierzig aus Sandbostel geholt. Dann haben sie geheiratet. Wilhelm Gerken hat sie getraut. Der wurde ja unser erster Bürgermeister nach der Kapitulation. Die Engländer hatten ihn dazu gemacht. Und Marie Meyer hat den beiden ihr Haus vererbt." Er atmete heftig vor Aufregung.

„Also, die beiden könnten ja mit ihrem Sohn in den Gottesdienst kommen. Sie waren schon ein paar Mal da, wenn wir einen Vertretungspastor am Sonntag in Reepenstein hatten. Wie ist das eigentlich? Dürfen Juden das Abendmahl erhalten? Die haben doch Jesus gekreuzigt und wollen von ihm als Messias und Erlöser nichts wissen."

Herbert Lienecke schaute seinen Posaunenchorleiter eine Weile regungslos an.

„Wo sind Sie im Krieg gewesen?"

Gustav Kraußkopf stutzte irritiert über diese Frage.

„Ich war immer in der Etappe. Sicherstellung des Nachschubs und der Versorgung. Bei den Engländern war ich kurz in Gefangenschaft", klärte er den Pastor auf.

Lienecke lächelte etwas gequält.

„Wissen Sie eigentlich noch aus dem Konfirmandenunterricht, wozu Jesus Christus in diese Welt gekommen ist und schließlich am Kreuz sterben musste?"

„Wohl für die Sünde der Welt", antwortete Kraußkopf sehr zügig.

„Genauso ist es", bestätigte der Pastor. „Denken Sie mal darüber nach."

Er zögerte einen kurzen Moment. „Und ob ein Samuel Schneider das Abendmahl in der Legumind-kirche erhält oder auch nicht, das überlassen Sie ruhig meiner Entscheidung." Lienecke drehte sich um und ging mit langsamen Schritten auf das Pfarrhaus zu.

Kraußkopf blieb unbefriedigt stehen und sah dem Heimkehrer nach. Der ist zu lange in Sibirien gewesen, kam es ihm in den Sinn. Doch laut rief er dem Gemeindehirten hinterher.

„Als erstes werden wir „*Großer Gott wir loben dich*" am Sonntag spielen. Mit der gleichen Besetzung wie zu ihrer Begrüßung!"

Lienecke drehte sich nicht mehr um. Die Gedanken eilten durch seinen Kopf. Es gibt also noch einen Juden in Reepenstein, wiederholte er sich einige Male laut, als müsste er sich diese Tatsache einschärfen. Hier lebt noch einer, den sie nicht umgebracht haben. Ein richtiger Jude. Reepenstein ist also nicht judenfrei. Er schmunzelte vor sich hin, und es war fast so etwas wie Schadenfreude, das seine Brust ausfüllen wollte. Als er die Tür öffnete und im Pfarrhaus verschwand, stand Kraußkopf immer noch unschlüssig auf dem Gartenweg wie einer, der etwas bekommen sollte und darauf vergeblich wartete.

STROM DER HOFFNUNG

Es drang auch bis zu Samuel und Amalie Schneider. Lienecke sei wieder da. Zurück aus russischer Gefangenschaft.

„Er will am Sonntag predigen", berichtete Amalie ihrem Mann.

„Zwölf Jahre lang war er in russischer Gefangenschaft in Sibirien gewesen. Nun ist er wieder da, der Pastor in der Legumindkirche."

Samuel antwortete nicht gleich und strich sich mehrmals unbewusst über seinen Bart. Eine Geste, die Amalie immer wieder dann bei ihm beobachten konnte, wenn ihn innerlich etwas bewegte, wenn er nachdenken musste.

„Jeschua, Jesus", kam es schließlich aus ihm heraus. „Er hat mit Jesus Christus zu tun. Sollten wir nicht hingehen? Vielleicht hat er uns etwas zu sagen."

Er dachte dabei an die Friedrichwerdersche Kirche in Berlin, in der er oft mit seinen Eltern am Gottesdienst teilgenommen hatte.

„Es ist gut, wenn wir den Gottesdienst besuchen", bestärkte ihn seine Frau. „Ich möchte auch hören, was er sagen wird, und Joschko nehmen wir mit."

Samuel freute sich über die Entschlossenheit seiner Frau. Er liebte diesen Charakterzug so sehr an ihr. Mit eben dieser Entschlossenheit hatte sie ihn aus Sandbostel geholt, war mit ihm nach Reepenstein gezogen, hatte sich zu ihm bekannt.

Sie, die blonde, blauäugige Frau. Er, der Jude, verachtet, geschunden und gedemütigt vor den Menschen. Er war stolz auf seine Amy.

Neben aller Entschlossenheit und allem Temperament hat sie ein so mitfühlendes und liebevolles Wesen.

Hatte Gott ihm nicht mit dieser mutigen Frau seine Würde wiedergeschenkt? Und Joschko, den Sohn, der seinem Vater so ähnlich sah.

„Es fällt sehr schwer, unsere jüdische Herkunft zu verbergen."

Er strich seinem Sohn über das schwarze Haar und ließ die blonden Locken seiner Frau durch seine gespreizten Finger fallen.

„Das temperamentvolle, entschlossene Wesen, das hat er aber von dir, Amy. Das ist unverkennbar."

Amalie Schneider lächelte und wusste nicht recht, ob sie dem zustimmen könnte.

„Die Gelassenheit und sein nüchternes Handeln hat er aber von dir", versuchte sie seine Einschätzung zurechtzurücken.

Samuel erinnerte sich an seinen Vater, diesen aufrechten, pflichtbewussten deutschen Arzt jüdischer Herkunft und an seine Mutter, diese treue, liebevolle und manches Mal so exzentrische Frau. Für sie war es ein lebenslanger, unbewältigter Prozess gewesen, dem Volke Israel zu entstammen und sich trotzdem nicht an der orthodoxen jüdischen Tradition gewissenhaft zu beteiligen.

„Es ist so schwer, seine eigene Abstammung zu verleugnen!"

Am Ende blieb ihr nur die klagende Feststellung: „Oh, Herr der himmlischen Heerscharen. Deine Wege sind so schwer nachzuvollziehen." Doch sogleich fügte sie wie zu eigener Ermutigung hinzu:

„Aber nur du allein hast Worte des ewigen Lebens!" Bei alldem gab es einen ewigen Gewinn von unendlicher Größe und unschätzbarem Reichtum, der so wertvoll war und so vieles aufwog. *Jeschua. Jesus Christus.*

War er ihnen nicht in Deutschland begegnet? Ja, zu ihm hatten seine Eltern gebetet. Dem Gott des neuen Testamentes. Dem Sohn Gottes. Zu ihm hatten sie gerufen in den schmerzhaften Augenblicken der Trennung, als sie ihn, ihren Samuel, von den Eltern fortrissen. Die Bilder des Konzentrationslagers Sachsenhausen liefen vor seinem inneren Auge wie ein Schwarzweißfilm ab.

„Jeschua. Jeschua wird mit dir sein, Samuel du geliebtes Kind!"

Das waren ihre letzten Worte. Der Sohn des lebendigen Gottes. Jeschua. Ein Jude. Ihm hatten sie Samuel anvertraut. In der Stunde der Trennung und des Schmerzes. Seine Eltern, die ihn geliebt hatten. Über den Tod hinweg. Die Erinnerungen kamen ihm so unwirklich und doch so unendlich verwundbar vor. Wie ein Keil in seiner Seele, der ihn auseinander sprengen wollte.

„Amy, ist Jeschua, also Jesus Christus, nicht auch der Gott der Christen hier in Deutschland?"

„Christen gibt es auf der ganzen weiten Welt, nicht nur in Deutschland. Und überall wird Jesus Christus geliebt oder missbraucht. An allen Orten auf dieser Welt folgt man ihm nach oder er wird verfolgt, indem man seine Anhänger verhöhnt, verlacht, vor sich hertreibt oder gar tötet, weil sie Jesus Christus als den Sohn Gottes nicht erkannt haben!"

„So ist es auch mit dem Gott meines Volkes Israel. Auch sie haben Jeschua nicht erkannt."

„Die ihn suchen und erwarten und doch nicht erkannt haben", sagt der Prophet Jesaja im dreiundfünfzigsten Kapitel?"

Er schlug die Bibel auf und las die Worte vor, die den Sohn Gottes in seiner schwersten Stunde so unmissverständlich beschrieben:

„Fürwahr, er trug unsere Krankheit und lud auf sich unsere Schmerzen. Wir aber hielten ihn für den, der geplagt und von Gott geschlagen und gemartert wäre. Aber er ist um unserer Missetat willen zerschlagen. Die Strafe liegt auf ihm, auf dass wir Frieden hätten und durch seine Wunden sind wir geheilt. Wir gingen alle in die Irre wie Schafe, ein jeder sah auf seinen Weg. Aber der Herr warf unser aller Sünde auf ihn. Als er gemartert ward, litt er doch willig und tat seinen Mund nicht auf wie ein Lamm, dass zur Schlachtbank geführt wird; und wie ein Schaf, das verstummt vor seinem Scherer, tat er seinen Mund nicht auf."

„Prophetische Worte, die uns den Erlöser Jesus Christus, den Messias, vor Augen führen.", bekannte Samuel. „Er wurde schon im alten Bund beschrieben. Worte, wie ein lebendiger Strom. Sie haben unsere Herzen berührt, und dieser Strom wird uns weiter tragen, weil in ihm die Hoffnung ist. Doch so viele Menschen meines Volkes lesen über diese Worte hinweg. Ihre Augen und ihre Ohren bleiben verschlossen und von ihrem Herzen prallen sie ab wie von einem Stein. Oh Herr, mein Gott!"

Der Gedanke an sein Volk Israel schmerzte ihn.

„Wann wirst du ihnen die Decke von den Augen ziehen und ihnen die Augen und Ohren öffnen. Du gabst deinen Sohn, damit wir leben können in Zeit und Ewigkeit."

Amalie nahm ihn zärtlich in die Arme.

„Überlasse es Gott, dem Allmächtigen. Er allein kennt Zeit und Stunde und es geschieht nichts, was er nicht zulässt. In ihm sind wir geborgen und dein Volk hat er ebenfalls nicht vergessen."

PREDIGT

Heute predigte Herbert Lienecke. Die Begrüßung der Gemeinde hatte er mit dem Eingangssegen verbunden. Nach ein paar allgemeinen Ansagen und einem Lied kletterte er auf die Kanzel. Dort las er die Predigtworte für den Sonntag: „Jesus Christus ruft uns zu: *Wahrlich, wahrlich, ich sage euch: Wer mein Wort hört und glaubt dem, der mich gesandt hat, der hat das ewige Leben und kommt nicht in das Gericht, sondern er ist vom Tode zum Leben hindurchgedrungen.*"

In seinem schwarzen Talar sah er aus wie immer. Fern und namenlos. Der einzig helle Fleck hob sich als bleiches Gesicht über seinem weißen Kragen ab. Er überblickte die Gemeinde. Von diesem erhöhten Ort aus war es ihm nicht möglich, die Tränen zu sehen, die Lieselotte Krämer in einem Anfall von innerer Rührung über die Wangen liefen. Sie war schnell bemüht, sie mit einem kleinen weißen Taschentuch abzutupfen. Die Kirche hatte sich gut gefüllt an diesem Sonntagmorgen. Mehr als sonst.

Es hatte die ganze Woche geregnet. Die Reyka war über die Ufer getreten. Die angrenzenden Felder hatten sich in großflächige Seen verwandelt. Auch heute, an diesem Sonntagmorgen, regnete es unablässig.

Kraußkopf dröhnte mit seinem Posaunenchor von der Empore „*Großer Gott wir loben dich*". Es hallte in den Kirchengewölben wider und wenn man genau hinhörte, schwang ein Hauch von Marschmusik in den Klängen des altehrwürdigen Kirchenliedes mit.

Viele mussten ihre Gesangbücher gar nicht öffnen, denn den Text dieses Liedes kannten sie auswendig von der ersten bis zur letzten Strophe. Lienecke stand wie eine Statue auf der Kanzel.

„Man kann ihm Russland ansehen!", stellten viele fest. Alle waren sie gekommen. Fitschen und Cordes, Brunkhorst und Meyer, Pape und Gerken, Klindworth und Wichern, und wie sie alle hießen. Sie blickten auf ihren Pastor, der da oben auf der Kanzel stand. Nur die jungen Männer fehlten, die vor dem Krieg so stolz in Uniform neben ihren Eltern und Verwandten gesessen hatten.

Die Kirchentür wurde geöffnet und fiel wieder ins Schloss. Samuel Schneider, seine Frau Amalie und sein Sohn Joschko kamen verspätet. Die drei blickten in viele Gesichter, die sich ihnen ganz kurz zuwendeten und wie von einer Ohrfeige getroffen wieder zurückschnellten. Sie setzten sich in die hinterste Bankreihe und schauten auf Lienecke. Lienecke hatte die drei verspäteten Gottesdienstbesucher bemerkt, und er registrierte die Reaktion seiner Gemeinde. Der Offenheit der Kirchenbesucher war eine Betroffenheit und Empörung gewichen.

Er spürte es. Das muss Schneider sein mit seiner Frau und seinem Kind. Der von Kraußkopf angekündigte Jude war mit seiner Familie ins Gotteshaus gekommen. Auch optisch war es nicht zu übersehen. Lienecke betete mit der Gemeinde das Vaterunser. Samuel, Amalie und Joschko hielten sich fest an den Händen. Es rauschte wie ein Murmeln eines unruhigen Wasserbaches durch das Kirchenschiff.

Nach dem Amen setzten sich alle wieder hin und schauten hoch zur Kanzel. Herbert Lienecke atmete ein paar Mal ruhig durch. Es wurde still. Nur noch hier und da ein Räuspern oder Husten. Der Pastor spürte die Spannung. Sie erwarten etwas von mir. Das spürte er. Doch was werde ich ihnen geben können?

„Gott ist in den Schwachen mächtig!", rief er laut in den Kirchenraum. „Es wird immer Schwache unter uns geben. Kinder sind Schwache und alte Menschen. Kranke sind schwach und Behinderte. Sie brauchen unsere Hilfe und unseren Beistand. Auch den Menschen aus anderen Ländern müssen wir mit Freundlichkeit begegnen und ihnen unsere Gemeinschaft anbieten. Gott liebt es, wenn wir den Fremdling nicht bedrängen und bedrücken."

„Und was ist, wenn wir diese Menschen gar nicht bei uns haben wollen?", dachten viele Kirchenbesucher in diesem Moment. Diese Brotfresser und Durcheinanderbringer des deutschen Volkes.

Lienecke merkte, dass er husten musste. Es wurde zunächst ein verkrampftes Räuspern. Aus dem Versuch, es zu unterdrücken, entwickelte es sich zu einem kräftigen Hustenanfall, bei dem er sich mit einer Hand auf der Brüstung der Kanzel abstützte. In einer gewissen Verzweiflung kramte er mit der anderen Hand in seinem Talar herum. Als er schließlich ein Taschentuch gefunden hatte und es sich an den Mund presste, war alles überstanden.

„Entschuldigung!", keuchte er laut zur Gemeinde hingewendet, „ich bitte um Entschuldigung!" Er zögerte ein paar Sekunden.

Dann fuhr er fort mit seiner Predigt, nicht mehr ganz so laut wie am Anfang.

„Jesus Christus ist in Schwachheit am Kreuz für uns gestorben. Er war schwach, obwohl alle Macht Gottes ihm zur Verfügung stand. Aus freiem Willen heraus bezahlte er für uns alle! Alle Schuld, alle Sünde. Er, der Schuld- und Sündlose."

Dann sprach er eine Zeit lang über allgemeine Dinge, die jeder irgendwie schon einmal gehört hatte. Lienecke bemerkte selbst, wie die Zuhörer zu ihm aufblickten und dabei an ihm vorbeischauten, wie sich ihre Blicke an der Kanzel vorbei im Altarraum verloren. Ich bin ihr Hirte, dachte Lienecke, ihr Pastor, von Gott berufen. Was soll ich nur tun? Diese vielen Augenpaare. Sie glotzen mich an, und sind doch stumpf und leer und ohne Teilnahme. Nicht einmal Fragen kann ich in ihnen erkennen. Er spürte, wie ein leichter Zorn in ihm hochstieg.

„Jesus Christus war ein Jude!", rief er laut und unerwartet mit sich überschlagender, fast schriller Stimme. „Ja, er war ein Jude! Und was haben wir getan? Wir haben ihn erneut gekreuzigt. In jedem Juden, den wir umgebracht haben, geißelten wir das deutsche Volk und belasteten es mit Schuld vor unserem Schöpfer. Nun gibt es keine Juden mehr in Deutschland oder nur noch sehr wenige!" Er schaute dabei mehr unbewusst in Richtung Samuel Schneider und seiner Familie. „Wollt ihr die Wenigen, die noch da sind, denn auch umbringen?" Lienecke merkte, dass sich der Husten wieder durchsetzen wollte und die Narbe an seiner linken Stirnseite zu glühen anfing.

Er gab Kraußkopf ein Zeichen und verließ mit gesenktem Haupt hustend die Kanzel. Kraußkopf ließ, sei es aus eigener Verwirrung heraus oder ganz und gar mit Absicht, *„Großer Gott wir loben dich"* noch einmal blasen, wieder mit einem Hauch von Marschmusik. Und als der Pastor sich vor dem Altar niedergekniet hatte, begannen die Glocken zu läuten. Der wuchtige Gesang der Kirchenbesucher und das Schmettern des Posaunenchores vermengten sich mit dem dröhnenden Glockengeläut zu einem Lärmgebäude, das Joschko, Amalie und Samuel Schneider zu erdrücken schien. Noch vor dem Ende der letzten Strophe und dem Abschlusssegen erhoben sie sich von ihren Plätzen und verließen hastig die Legumindkirche.

Als sie daheim angekommen waren, setzten sie sich in der Küche an den Tisch. Eigentlich saßen sie hier am liebsten. Die wichtigsten Dinge wurden am Küchentisch besprochen. Es roch in der Küche irgendwie immer noch ein wenig nach Marie Meyer. Sie mochten den Geruch und wurden froh in ihrem Herzen, wenn sie an diese Frau dachten.

An diesem Sonntag erschien alles anders. Samuel stützte die Ellenbogen auf den Küchentisch und legte seinen Kopf zwischen die Handflächen. Amalie versuchte ihn ermutigend mit ihren großen blauen Augen anzublicken. Doch es gelang ihr nicht. Joschko spürte, dass etwas Unheimliches in ihr Leben hineingegriffen hatte. Er vermochte es nicht in Worte zu fassen. Immer wieder schaute er abwechselnd zum Vater und dann zur Mutter, als erwarte er eine Antwort, die er mit seinem jungen Gemüt begreifen könne.

Es ist die alte Angst, die mich zu packen versucht, dachte Samuel Schneider und die Bilder aus Berlin, Sachsenhausen und Sandbostel wurden in ihm wieder lebendig. Wie sie vor mir auf den Boden spuckten und riefen:

„Juda verrecke!"

Mit Füßen haben sie getreten, immer wieder, in den Leib, immer wieder.

„Doch ich lebe", flüsterte er leise.

„Ich lebe, Jeschua, und mit dir werde ich ewig leben. Wer kann mich und meine Familie schon aus deiner Hand reißen?"

Er zog Amy und Joschko ganz eng an sich.

„Wir wollen abwarten", sagte er laut. „Es wird nichts geschehen, was Jeschua nicht schon für uns getragen hat. Er wird uns beistehen. Er ist mit uns alle Tage, bis an das Ende der Welt, und jeder Tag hat seine eigene Sorge!"

ÜBERLANDHANDEL

Am nächsten Morgen fuhr Samuel mit seinem Tempo Vicking über Land. „Unser treues Dreirad!", nannte er den Kleintransporter, in dem die ganze Familie vorne Platz hatte. Die Ladefläche konnte über ein Tragegestell mit Planen kastenförmig abgedeckt werden. Rollte man die Planen hoch, war das Warensortiment von jeder Seite aus gut einsehbar. Anfang des Jahres hatte Samuel Schneider seine erste Entschädigungsleistung über zweitausend Deutsche Mark bekommen. Das war viel Geld. Damit konnte er nicht nur den Führerschein erwerben, sondern auch das Auto. Es blieb sogar noch Geld übrig, um in Hamburg günstig Haushaltswaren einzukaufen. Teller und Tassen, Messer und Gabeln. Einige Fleischwölfe, die man so sehr für die Hausschlachtungen benötigte. Dazu wunderbar geschärfte Fleischermesser und Eierbecher aus Holz gedreht. Ein paar Siebe noch aus Stahlhelmen gestanzt. Kochtöpfe, Rasierseife, Nähgarn und mehrere Paar Hausschuhe aus braunem Filz. Verschiedenfarbige Stoffballen und hundert andere kleine und große Kostbarkeiten, die in jedem Haushalt so nötig gebraucht wurden.

Samuel hatte immer wieder überlegt, wie er seine kleine Familie ein wenig besser ernähren könnte. Schließlich war ihm der Gedanke mit dem Überlandhandel gekommen. Er würde zu den Leuten fahren, in die Dörfer und auf die abgelegenen Höfe, und den Menschen dort seine Waren anbieten. Bei dieser Idee hüpfte sein Herz vor Freude.

Als er Amalie seine Idee erläuterte, lachte sie und freute sich mit ihm über diese neue Möglichkeit der Existenzbewältigung. Doch dann wurde sie für einen Moment sehr still.

„Ist das nicht zu gefährlich? Du bist immer allein auf dich gestellt. Wenn nun etwas mit dem Auto unterwegs etwas passiert?"

Samuel lachte unbekümmert. „Ach was, mein Täubchen. Ich komme doch immer wieder zurück ins Nest." Dann fasste er unter ihre Arme, hob sie hoch und wirbelte mit ihr im Kreise herum.

„Nicht wahr, Frau Schneider, jetzt müssen sie sich daran gewöhnen, dass sie mit einem Unternehmer der Handelsbranche verheiratet sind. Glaube mir, mein Schatz, ich werde handeln und verkaufen wie meine Vorväter es getan haben, und der Herr wird mit mir sein", jubelte er. Amalie erwiderte seine Begeisterung mit ihrem hellen Lachen und zupfte dabei mit ihren Fingern in seinem schwarzen Kräuselbart. Samuel setzte sie wieder mit den Füßen auf den Boden. Völlig außer Atem standen sie still und lauschten. Eine Lerche gab die Geräuschkulisse, während sie sich innig küssten.

Konrad Krause, der vorübergehend die Amtsgeschäfte in Reepenstein leitete, stellte ihm einen Gewerbeschein aus. Zu gerne hätte er dieses Dokument aus der Hand von Wilhelm Gerken erhalten. Dieser wunderbare Mensch, der Amy und ihn getraut hatte. Standesamtlich und mit Gottes Wort. Er wird es nie vergessen.

Der Hochzeitsmarsch von Felix Mendelsshon Bartholdy klang ihm plötzlich wie ein fernes Grüßen in den Ohren.

Wilhelm Gerken war nicht mehr. Mit ihm hatte Reepenstein einen Menschen verloren, jemand, der auch in seinem Nächsten den Menschen sah, den Gott geschaffen hatte. Niemals wollte er seine Mitmenschen beherrschen, sondern ihnen helfen und beistehen. Wie gerne hätte er ihm noch seinen kleinen Vicking vorgestellt. Vielleicht wären sie dann sogar einmal zusammen über Land gefahren, und der einheimische Musiklehrer und Bürgermeister hätte ihm die günstigsten Wege gezeigt.

„Weißt du, Amy, wenn ich eine feste Verkaufsstrecke habe, dann nehme ich euch ab und zu mit. Dich und Joschko. Dann machen wir zusammen eine Tagesreise und lernen die Gegend gemeinsam kennen."

Bevor er sich in den Wagen setzte, nahm er seine Frau noch einmal zärtlich in die Arme und küsste sie. Sie strich ihm über die dunklen Haare.

„Ich liebe dich, Samuel. Wir warten auf dich. Wenn du heimkommst, gibt es eine Überraschung", versprach sie geheimnisvoll lächelnd. „Doch so viel darfst du schon wissen: Ich bin jetzt schon sicher, dass dir die Überraschung schmecken wird."

„Vielleicht habe ja auch ich eine Überraschung für dich", konterte er. „Jedoch werde ich dir noch nichts verraten. Weder über den Geschmack noch das Aussehen des Objektes."

Sie hielt ihn fest, als ob sie ihn nicht gehen lassen wollte. Doch dann ließ sie ihn los und winkte ihm zu, bis er nicht mehr zu sehen war.

Als Samuel Schneider mit seinem Tempo knatternd in Richtung Zeven fuhr, erfüllte ihn ein Gefühl der Freude.

Sie ist wie ein Juwel, meine Amy, dachte er. So etwas kann nur Gott schenken, und er freute sich jetzt schon auf das Wiedersehen.

Mitte Juni war es außergewöhnlich warm. Die Hitze flimmerte durch die Reykaniederungen, in denen die Silberpappeln, Erlen und Eichen alles in ein üppiges und abwechslungsreiches Grün tauchten. Die Wiesen, die sich bis an die Reyka zogen, wurden durch Löwenzahn, Hahnenfuß, Wiesenklee, Mohnblumen, Wegwarte und Kornblumen in eine farbige Palette verwandelt. Bienen, Wespen und Hummeln stritten sich um den Nektar, und in der Reyka floss das Wasser flach dahin, während sich entlang des Flusslaufes Tausende von Mücken ein quirliges Stelldichein gaben. Samuel Schneider genoss die Fülle des Wachstums und der Farben. Er freute sich über die kleinen und großen Tiere, den Sonnenschein und die Freiheit, in der er leben durfte.

Hinter Selsingen fuhr er auf einen Bauernhof, dessen Einfahrt mit einem großen Findling markiert war. In den Stein hatte man den Namen Cordes eingemeißelt. Eine Frau in einem blauen Kittel kam vor die Tür, als Schneider auf dem Hofplatz hielt. Er stieg eifrig aus seinem Tempo und öffnete die Plane, so dass man das Warensortiment einsehen konnte. Die Frau trat zögernd an das Fahrzeug heran und betrachtete die Dinge, die der Fahrer auf der Ladefläche verteilt hatte.

„Alles praktische Gegenstände, die in jedem Haushalt gut zu gebrauchen sind", betonte Schneider. „Beste Qualität", fügte er eilfertig hinzu und deutete mit einer großzügigen Geste über sein Warenangebot.

Als würde sie seine Hinweise gar nicht bemerken, schaute sie unentwegt auf den Mann, der vor ihr stand. Sie mag vielleicht Ende vierzig sein, überlegte Samuel Schneider. Was sie wohl will? Er spürte schnell, dass ein Kaufinteresse nicht im Vordergrund stand.

„Sie sind Jude, nicht wahr?", fragte sie unvermittelt und versuchte, mit einem etwas gequälten Lächeln ihrer Frage eine gewisse Verbindlichkeit zu geben. Schneider nickte.

„Ja, das ist richtig. Ich bin Jude."

Mit einer verlegenen Geste strich sich die Frau über ihr rotbraunes Haar und blickte ihn weiter an, als wolle sie weiterreden. Doch sie schwieg. Nur ein leichtes Zucken in ihren Gesichtszügen verriet, dass eine große Unruhe in ihr arbeitete.

„Wollen Sie etwas kaufen?", fragte Samuel Schneider in seiner ruhigen Art.

„Natürlich möchte ich etwas kaufen." Sie zeigte auf einen Spaten mit blank geschliffenem Blatt. Sie nahm ihn entgegen und bewegte ihn fachkundig. „Der liegt gut in der Hand. Mit dem wird es ein Leichtes sein, Rasenkanten abzustechen oder den Garten umzugraben. Den nehme ich", entschied sie.

„Sie hießen Rosenbaum", erwähnte sie plötzlich ohne Übergang, als er ihr das Wechselgeld zurückzahlte. „Sie wohnten in dem Nebengebäude." Mit der Hand zeigte sie an dem Stallgebäude vorbei. „Da, wo jetzt meine Schwiegereltern ihr Altenteil verleben. Eines Morgens fuhren sie auf den Hof. Wir waren gerade aufgestanden, um uns für das Melken der Kühe vorzubereiten. Halb sechs war es." Sie atmete schwer.

109

„Mit drei schwarzen Limousinen kamen sie vorgefahren." Samuel Schneider hatte sich an den Tempo gelehnt und hörte ihr zu. Ganz still. Ohne Zwischenfragen. Unterbrechen wollte er sie nicht.

„Rosenbaums waren liebe Leute gewesen", fuhr sie fort. „Fritz und Elsa halfen mit auf dem Hof. Dies ist ein großer Hof müssen sie wissen." Sie sagte es so, als müsse sie sich dafür entschuldigen. „Wir mochten Rosenbaums. Die hatten nie ein böses Wort. Weder die Eltern noch die Kinder. Sie wirkten immer dankbar und zufrieden auf uns, obwohl man nie mit der Arbeit auf diesem Hof fertig wurde." Sie schwieg einen Moment.

„Dann kam dieser entsetzliche Morgen. Einfach abgeholt haben sie Fritz und Elsa mit ihren Kindern Mirjam und Rebekka. Als wir rauskommen wollten auf den Hofplatz, da haben sie uns angeschrien. Meinen Mann und mich und meine Schwiegereltern. Unsere Kinder schliefen noch."

„Sie haben hier jetzt nichts zu suchen!", brüllte einer von den Ledermänteln.

„Gehen sie ins Haus! Eine Schweinerei ist das. Wieso konnte sich das Judenpack hier so lange halten?"

Irgendein höherer Dienstgrad hatte eine Pistole gezogen und fuchtelte damit herum.

Samuel bemerkte rote Flecken im Gesicht und am Hals der Frau. Die Ereignisse von Dreiundvierzig würgten aus der Tiefe ihrer Seele nach oben.

„Einfach mitgenommen haben sie die Rosenbaums. Die durften sich nicht mal 'n paar persönliche Sachen mitnehmen." Tränen rannen ihr stumm über das Gesicht.

„Den Mantel drüber und dann einfach fort. Wie unsere kleinen neugeborenen Kälber mit großen ungläubigen Augen und blankem Entsetzen haben sie uns angeschaut." Sie atmete tief durch.

„Die Kinder hatten sich an die Eltern geklammert und fingen an zu weinen." Sie wischte sich mit dem Handrücken über die Augen.

„Wie betäubt versuchten wir ein paar Schritte auf die Gruppe mit den Rosenbaums zu gehen. Es war so unbewusst. Wir wollten doch mindestens voneinander Abschied nehmen. Da fing dieser Dienstgrad mit der Pistole in der Hand wieder an zu schreien. Dabei schoss er in die Luft, so dass wir wie gelähmt stehen blieben. Noch auf dem Hof rissen sie die Kinder von den Eltern weg und verteilten die Familie auf die Fahrzeuge. Nicht ein Wort des Protestes war aus unserem Mund gekommen. Wir standen da auf dem Hofplatz, in der Kühle des frühen Morgens, stumm und unbeweglich, und behielten unser Leben." Die Frau schluchzte tief. „Es war so furchtbar und wir haben nur zugeschaut."

„Haben Sie auch Kinder?", fragte sie ihr Gegenüber nach einer Pause. Samuel Schneider nickte:

„Ja, einen Sohn, Joschko David Schneider heißt er."

„Warten Sie einen Moment. Ich hole Ihnen etwas." Sie verschwand in der Scheune. Schneider sah sie mit einem kleinen Holzroller zurückkommen. „Voll funktionsfähig und in gutem Zustand", betonte sie. „Die Laufkante der Räder ist sogar mit Hartgummi verstärkt. Ich glaube, Rosenbaums würden sich darüber freuen, wenn er einen neuen Besitzer bekäme. Er ist für Ihren Sohn."

Als Samuel Schneider ihr den Roller abnahm, hatte sie immer noch Tränen in den Augen. Er legte ihn auf die Ladefläche seines Tempos. „Danke!", sagte er. Doch er verschwieg ihr, dass Joschko bereits mit einem Fahrrad fuhr.

„Ich heiße Maria Cordes", stellte sie sich jetzt erst vor. Sie streckte ihm die Hand hin. Er ergriff sie und nickte ihr zu.

„Samuel Schneider!", stellte er sich ebenfalls vor und fuhr dann fort. „Es ist vorbei, Maria Cordes, es ist alles vorbei. Der Allmächtige hat sein Volk nicht vergessen. Bis in alle Ewigkeit wird er es bewahren." Die Frau nickte stumm und wischte sich erneut mit der Hand die Tränen aus dem Gesicht.

„Es ist eine neue Zeit, die Deutschen werden ein anderes Volk werden. Ein neuer Geist wird über dieses Land kommen!"

„Gott möge es geben", kam es tonlos über ihre Lippen. Als Samuel Schneider vom Hofplatz fuhr, schaute sie ihm nach, bis sie nur noch das Tuckern des Zweitaktmotors hören konnte.

Die Verkaufsfahrt an diesem Tage wurde für Samuel Schneider zu einem kleinen Erfolg. Die Menschen auf den entlegenen Höfen waren dankbar für die Gebrauchsgegenstände, die er anbot. Wann kamen sie schon mal nach Bremervörde, Zeven oder Rotenburg. Er verkaufte nicht nur, sondern nahm gegen Barzahlung auch Gegenstände von den Kunden mit auf in sein Warenangebot. An anderer Stelle veräußerte er sie wieder mit einem kleinen Aufpreis. Sein schönstes Stück, das er heute erworben hatte, war eine kleine silberne Zuckerdose.

Auf dem Deckel waren Rosen eingraviert. Die werde ich meiner Amy schenken, beschloss er. Eine wunderbare Überraschung. Ich bin sicher, dass sie ihr gefallen wird. Damit wird sie nicht rechnen, und er freute sich schon im Voraus über ihre Begeisterung, mit der sie unerwarteten schönen Dingen begegnen konnte. In das Knattern seines Tempos hinein sang er seine Freude dem Allmächtigen entgegen, der ihn zunehmend mit seinem Segen überschüttete.

Schneider-Service wurde nach und nach zu einem festen Begriff im Elbe-Weser-Dreieck. Samuel versuchte dabei immer wieder an den gleichen Tagen und zu den gleichen Stunden die Höfe und Dörfer aufzusuchen. Die Kunden sollten sich auf ihn einstellen können. Nicht nur das Warenangebot, sondern auch seine Pünktlichkeit und Zuverlässigkeit warben für sein Unternehmen.

JESCHUA HINTER DEN WOLKEN

Die Tage eilen dahin und manche von ihnen beachtet man kaum. Sie sind wie ein Haschen nach dem Wind in der Sommersonne und werden zu Jahren. Sie hinterlassen keine feste Erinnerung, weil sie so selbstverständlich sind. Da war Essen und Trinken und Lieben und Vergessen. So, wie die Uhrzeiger das Ziffernblatt umrunden, nur darauf bedacht, die Zeit zu messen, so sind diese Tage ohne Fragen, ohne Leid und ohne Freude. Man durchlebt sie, ohne ihre Bedeutung wirklich zu ermessen. Die Tage der Freude und Liebe, der Freiheit und der Geborgenheit. Sie sind wie ein festes Fundament des neuen Lebens mit Amalie und Joschko geworden. Das Fundament einer ganz besonderen Sicherheit und Selbstverständlichkeit. Tage, die nicht immer gezählt und denen nicht immer eine besondere Bedeutung zugemessen werden muss. Samuel kann sie nur mit dem Begriff *Glück* umschreiben und sie genießen.

Andere Tage sind schmerzlicher zu vergessen. Das sind die Tage, die angefüllt sind mit den Schatten der Vergangenheit. Schatten, die ihn in stillen Stunden anspringen und wie blutrünstige Wölfe an seiner Seele zerren. Sie schaffen den Sprung aus der Vergangenheit in die Gegenwart, als wäre das Gestern wieder das Heute. Das Hoffen scheint ohne Zukunft. Der Magen verkrampft sich bei der Frage: Was wird morgen sein? Samuel darf es sich nicht anmerken lassen.

Als Samuel Schneider mit Joschko die Reyka entlanggeht, kommen die Gedanken wieder. Er blickt auf seinen Sohn. Joschko. Er ist noch so jung. Siebzehn Jahre. Damals war es für mich Sandbostel. Was wird es für den Sohn werden? Wird auch er den Hass und die Kälte der Seele erfahren müssen wie ich es erfuhr? Sie hatten den Reykafelsen erreicht. „Komm, lass uns hinaufklettern!", forderte er seinen Sohn auf. Joschko lachte und folgte seinem Vater auf die glatte Fläche des Steines. Samuel pustete ein wenig, als er oben stand. Sie blickten zur Reyka.

„Wie braun das Wasser heute ist.", überlegte er laut. An einigen Stellen drängte es sich über die Ufer und breitete sich in den Uferwiesen aus. Samuel Schneider folgte mit den Augen dem brauen gurgelnden Wasser der Reyka. Der Himmel war grau verhangen. Wie einem plötzlichen Impuls folgend, hob er die Arme und streckte sie steil in die Luft. Die Fingerspitzen wollten den Himmel berühren. Doch dann ließ er die Arme sinken. „Jeschua, wo bist du?", rief er halblaut.

„Warum rufst du Jeschua?", fragte Joschko.

„Lass uns weitergehen, ich werde versuchen, es dir zu erklären", sagte er.

Sie sprangen vom Opferstein herunter und folgten dem Wanderweg an der Reyka entlang. „Jeschua war der Gott meiner Eltern, deiner Großeltern, Josua und Lea Schneider", begann er zu erklären. „Durch Jeschua bin ich mit ihnen verbunden, wo immer sie auch sein mögen. Jeschua hat mich begleitet und getragen bis zum heutigen Tag." Er zögerte einen Moment.

„Jeschua! Jeschua! Das waren die letzten Worte, die ich von meinen Eltern hörte, als wir im Konzentrationslager Sachsenhausen auseinander gerissen wurden." Joschko hörte aufmerksam zu.

„Jeschua! Jesus! Dieses Wort ist für mich der Schlüssel zum lebendigen Schöpfer des Himmels und der Erde geworden", fuhr er fort. „Zu ihm darf ich durch Jeschua Vater sagen. Ach, Joschko, und noch so vieles mehr. Gott ist mir heute Vater und Mutter, Hoffnung, Freude und Liebe und der Gesang in meinem Herzen geworden. Und wenn ich traurig bin oder gar weinen muss, dann tröstet er mich. Er bedeutet mir alles, und er ist auch heute hier mit uns an einem Tag wie diesem."

Joschko schaute zu den Wolken, die grau und schwer über sie hinwegzogen. Vielleicht ist Jeschua hinter den Wolken, malte er sich aus, und mein Vater ist hier bei mir auf der Erde. Er schaute seinen Vater von der Seite an und spürte tief in seinem Herzen, dass er diesen Mann liebte.

VATER UND MUTTER

Amalie Schneider, geborene Behrens, genoss von Anfang an das Leben mit Samuel Schneider. Seine innere Ruhe und Stärke, seine Liebe zu ihr, die er ihr immer wieder in so vielfältiger Weise zum Ausdruck brachte. Seine unbeschwerten fröhlichen Seiten, die sie wie ein Geschenk erfreuten, wenn sie sich daran erinnerte, wo und wie sie Samuel das erste Mal begegnet war. Aus dem alten, zwanzigjährigen Mann entwickelte sich immer mehr ein junger, glücklicher Mann von zwanzig, fünfundzwanzig, dreißig Jahren. Fast schien es so, als würde er mit jedem Jahr ein wenig jünger und nicht älter werden. Seine Haut, die einmal voller Ausschlag und mit Ekzemen überzogen war, als sie ihm im Konzentrationslager gegenüberstand, diese Haut war glatt geworden und braun. Sie liebte es, ihm über das Gesicht zu streichen, sich an seinem Bart festzuhalten und ihm mitten auf den Mund einen Kuss zu geben. Samuel griff ihr dann unter die Arme und hob sie hoch. Sie lachte dabei und bat ihn, sie wieder herunterzulassen. Doch er strahlte sie noch mehr an mit seinen weißen Zähnen und ließ sie fallen, direkt in seine Arme. Dann hielt er sie fest und schmiegte seinen Kopf an ihrer Wange.

Die Eltern von Amalie Behrens waren oft ohne Liebe miteinander umgegangen. Wenn der Vater getrunken hatte, kam es vor, dass ein Wort das andere gab und sie mit ansehen musste, wie ihr Vater die Mutter ohrfeigte. Das kam immer häufiger vor.

Als er eines Morgens aufwachte, lag sie nicht mehr neben ihm in dem großen Ehebett. Sie war einfach fortgegangen, ohne sich von ihrer Familie zu verabschieden. Willi Behrens konnte das nie so richtig verwinden, dass seine Frau Grethe ihn verlassen hatte. Er meldete sich freiwillig zu einer Sondereinheit und fiel in den letzten Kriegstagen beim Kampf um Berlin. Als ich klein war, da liebten sich Vater und Mutter noch, erinnerte sich Amalie, und sie sah sich mit ihren Eltern von Minstedt nach Bremervörde fahren. Sie saß vorn beim Vater auf dem Fahrrad und die Mutter fuhr voraus und sang mit lauter, jubilierender Stimme: „Ich möchte noch mal zwanzig sein und so verliebt wie damals!" Dabei war sie erst vierundzwanzig. Als sie dann am See ihren Brotkorb auspackten und der Vater frisch gezuckerte Erdbeeren mit Schlagsahne vorgesetzt bekam, strahlte er seine Grethe an. „Das ist ein Grund, dich ewig zu lieben!", versicherte er ihr.

Seine Frau lächelte nur und beobachtete die Schwalben, die über den See im Tiefflug die Mücken jagten. „Es wird Gewitter geben. Wir sollten wieder zurückfahren", kommentierte sie seinen Treueschwur. Wie kurz sind doch Ewigkeiten auf dieser Erde. Der Vater fürchtete sich nicht vor dem Gewitter, erinnerte sich Amalie. Eine ganze Weile noch waren sie am Ufer des Sees und warfen Steine ins Wasser. Manche flachen hüpften ein paar Mal über die Wasseroberfläche, bis sie versanken. Mutter versuchte es auch. Doch es gelang nur dem Vater. Ich habe sie beide geliebt. Vater und Mutter.

Sie merkte, wie ein stiller Schmerz in ihr Herz kriechen wollte. Warum sind sie nur auseinander gegangen? Sie wusste nicht einmal, ob ihre Mutter noch lebte. Die alte Standuhr schlug elf Mal. Es war schummrig draußen. Ob Samuel bald kommt? Der weiße Flieder strömte seinen Duft in die kühle Wohnstube. Joschko schlief schon seit einer Stunde. Am Nachthimmel begannen die Fledermäuse ihren unsteten Flug. In der Ferne hörte sie das kurze, abgehackte Tuckern des Zweitakters, das immer lauter wurde und immer näher kam. Ein dankbares Gefühl der Wiedersehensfreude erfüllte ihr Herz.

REEPENSTEIN IST ZUKUNFT

Samuel Schneider genoss es von Tag zu Tag mehr, in Reepenstein zu wohnen. Er fing an, diesen Ort zu lieben, weil es hier Amy und Joschko gab, und weil er hier in einem Haus wohnen konnte. Ein sauberes Bett, ausreichend Essen, keine Appelle, kein Geschrei und Befehle brüllen, genügend Schlaf, kein Ungeziefer. Und er hatte seine Arbeit. Seinen Überlandhandel. Gott bist du groß! Die Zukunft und eine neues Leben hatten für ihn am 27. April 1945 mit der Befreiung durch die Engländer begonnen. In Sandbostel habe ich Amalie Behrens getroffen. Woanders wären wir einander wohl niemals begegnet. Er lachte bei diesem Gedanken leicht in sich hinein. Ich werde alles aufschreiben. Tagebuch führen, Notizen über die Vergangenheit und über die Gegenwart. Gleich morgen werde ich damit beginnen, beschloss er, denn mein Leben ist auch ein Zeugnis der Gnade des Allmächtigen, meines Erlösers. Er hält die Zukunft von Amy, Joschko und von mir in seiner Hand, und natürlich auch die Zukunft meines Volkes. Er wird das letzte Wort über diese Welt sprechen.

Die Zukunft seines Volkes hatte drei Jahre später sichtbar vor der ganzen Welt begonnen. Am 14. Mai 1948. Wer hätte es jemals glauben können. Nach fast zweitausendjähriger Vertreibung in so viele Länder dieser Erde gab es wieder einen jüdischen Staat. Israel. Gottesstreiter. Zweitausend Jahre Zerstreuung, Verfolgung, Unterdrückung, Demütigung, Schändung und Tötung.

Es hat dem ewigen Gott gefallen, seinem Volk auf ewig Versprochenes wiederzugeben. Ein Zuhause für alle Juden. Eine Stätte, die nicht Auschwitz, Treblinka, Sachsenhausen, Dachau, Neuengamme oder Sandbostel hieß. Und der Ruf: *„Im nächsten Jahr in Jerusalem!"*, lief durch die Länder und Städte. Und sie kamen, und sie kamen, und sie kommen immer noch, ohne zu ahnen, dass der, den sie durchstochen haben, auch wiederkommen wird. Das Wort wurde vor ihren Augen lebendig. Der Prophet Hesekiel. Gott ist stark. Zweitausendfünfhundert Jahre vor der Staatsgründung rief er es aus: *„Ich werde die Kinder Israels aus den Nationen herausholen, wohin sie gezogen sind, und ich werde sie von ringsumher sammeln und sie in ihr Land bringen. Und ich werde sie zu einer Nation machen im Lande!"* Gottes Wort hatte sich am 14. Mai 1948 vor den Augen der Welt erfüllt, und es wird sich weiter erfüllen an seinem Volke Israel.

Samuel Schneider dachte an seinen Vater. Obwohl dieser immer eine sehr sozialdemokratisch geprägte Einstellung hatte und den Traditionen seines Volkes nur halbherzig nachfolgen konnte; an dem Wort Gottes und an der Existenz des Allmächtigen ließ er keinen Zweifel.

„In ihm finden wir die ewige Hoffnung für unser Volk!", hatte er seinen Jungen gelehrt. „In ihm findest du nicht nur die Antwort für das Gestern und das Heute. Auch die Geheimnisse der Zukunft stehen in dem Worte des Allmächtigen."

Gott war für ihn immer ein lebendiger Gott.

„Er ist ein Gott, der da war, und der da ist, und der da kommt."

Samuel atmete tief durch.

„Jeschua ist der Erlöser und Erretter. Lies sein Wort, ob du es nun glauben kannst oder auch nicht. Es ist die Geschichte unseres Volkes. Unsere Hoffnung und unsere Bestimmung. Es ist die Wahrheit."

Allzu selten war er mit ihm in Berlin in die Synagoge gegangen. Meistens besuchten sie den protestantischen Gottesdienst in der Friedrichwerderschen Kirche. Dann kam auch die Mutter mit. Über Jeschua wollten sie mehr erfahren. Antworten bekommen für die fragenden Herzen. Doch darüber sprachen sie nie offen mit ihm. Irgendwie spürte er ihre Sehnsucht nach dem Sohn Gottes, dem Messias, dem Gesalbten.

Erst in Sachsenhausen, als sie auseinander gerissen wurden, riefen sie laut seinen Namen. „Jeschua! Jeschua!" Ein letztes Vermächtnis ihrem Sohn Samuel. Seine Eltern, die ihn so sehr geliebt hatten und denen es doch so schwer fiel, ihm die Liebe ihrer Herzen mitzuteilen. Er spürte gerade in diesem Moment, wie sehr er sie vermisste. Sein Inneres wurde von einer tiefen Sehnsucht ergriffen. Ob sie es geschafft haben, in das Land ihrer Vorväter zurückzukehren? Es gibt wieder einen Platz auf dieser Erde, den wir Heimat nennen dürfen, das Land des Allmächtigen mit dem heiligen Berg, der Tochter Zion. Lea und Josua Schneider, wo seid ihr? Haben sie das Schicksal mit den Millionen geteilt? Sind sie als Rauch eines ewigen Brandopfers durch die Schornsteine von Auschwitz oder Treblinka gen Himmel gestiegen? Er mochte nicht weiterdenken.

Meine Heimat heißt heute Amalie und Joschko und naturgemäß Reepenstein. Hier bin ich und hier bleibe ich unter dem Schatten des Allmächtigen.

Eine leise Stimme drang in sein Herz:

„Im nächsten Jahr in Jerusalem."

„Nein!", rief er laut, „oder doch? Soll es nächstes Jahr schon sein oder erst in zehn Jahren? Der Ruf meiner Vorväter wird in mir wohnen wie eine ewige Sehnsucht." Das wusste er, und dagegen kann sich kein Jude wehren.

Als er auf den Hof fuhr, kam seine Frau vor die Tür. Amalie ging auf ihn zu. Er hielt die Zuckerdose hinter seinem Rücken versteckt, als er aus dem Auto gestiegen war. Dann musste Amalie die Augen verschließen und die offenen Hände vorstrecken. Sie hat so wunderbare klare Gesichtszüge, stellte er wiederum fest, als sie vor ihm stand. Fast ehrfurchtsvoll legte er den kleinen silbernen Schatz in ihre Hände. Als sie die Augen öffnete, glänzte die Zuckerdose in dem Licht, das aus dem Küchenfenster in den dunklen Hof fiel. „Oh, wie kostbar", schwärmte sie, „ein wunderschönes Geschenk." Sie drehte die kleine silberne Dose in ihren Händen und betrachtete sie von allen Seiten. Samuel fiel auf, dass seine Frau an diesem Abend besonders festlich gekleidet war. „Nein!", widersprach er ihr, „nicht die Dose, du bist wunderschön, Amy." Er nahm sie in seine Arme und küsste sie hingebungsvoll. Sie schlang ihre Arme um seinen Hals.

„Samuel, es ist so gut, dass du wieder da bist. Komm', auch für dich gibt es eine Überraschung!"

Sie zog ihn an der Hand ins Haus.

Als Samuel die Wohnstube betrat, umgab ihn ein Geruch, den er aus seiner Kindheit kannte. Auf dem runden Tisch standen mitten auf einer blütenweißen Tischdecke zwei Schabbatkerzen. Amalie zündete sie an und sprach einen Segen aus. Die Kerzen verbreiteten ein warmes Licht und tauchten den Raum in eine feierliche Atmosphäre. Der Duft des frisch gebackenen, zu einem Zopf geflochtenen Schabbatbrotes, Barches genannt, füllte den Raum aus. Samuel strahlte.

„Es ist fast wie damals in Berlin. Ich erinnere mich genau. Auch Mutter hatte den Tisch festlich gedeckt am Freitagabend und die Schabbatkerzen angezündet."

Er konnte sich nicht mehr genau an alle Einzelheiten erinnern wie der Schabbat am Freitagabend begonnen wurde. Doch er hatte seiner Frau immer wieder davon erzählt. Diese häusliche Feier war die engste Gemeinschaft, die er mit seinen Eltern durchlebt hatte. Sie war tief in seiner Erinnerung verankert.

Er sah seine Frau an. Meine blonde Jüdin, kam es ihm in den Sinn und er lächelte in sich hinein.

„Wo hast du den Wein her, Amy?" fragte er laut.

„Es ist Johannisbeerwein", erklärte sie ihm. „Selbst gemacht. Vom letzten Jahr." Sie freute sich, dass ihr die Überraschung gelungen war. Nachdem sie sich gesetzt hatten, nahm Samuel die Bibel zur Hand.

Aus Sprüche 31 las er das *Lob der tüchtigen Hausfrau* vor. Heimat, der Begriff Heimat durchdrang abermals seine Gedanken.

Heimat heißt doch zu Hause sein. Bei Amy und Joschko. Sie sind meine Heimat und mein Zuhause. Gelobt sei Gott!

Nach dem rituellen Händewaschen sprach Samuel laut das Tischgebet. So, wie er es als Junge in der Synagoge oder beim Vater gesehen hatte, hob die Hände leicht in die Höhe und formte die Worte zu dem ewigen Gott. „Gepriesen, hoch gepriesen seiest du, Gott des Himmels und der Erde, der du uns hervorbringst Brot aus der Erde. Du hast uns den König gesandt. Den König über alle Könige. Du hast ihn uns gegeben zur Erlösung von unserer Schuld und Sünde. Jeschua, den Messias, den Gesalbten, dein Blut hast du für uns vergossen, damit wir gerecht sind vor dir. Wir loben und wir preisen dich, o Herr, für diesen Tag und bitten dich um deinen Segen. Amen!" Dann erhob er den bis zum Rand gefüllten Weinbecher, trank daraus und reichte ihn seiner Frau.

Danach war Stille, eine Stille, die ihre Herzen ergriff. Durchdrungen von dem Duft des frischen Brotes und des herben Johannisbeerweines, der eine leicht gärige Note nicht verbergen konnte. Der Abendwind rüttelte den Erlenbaum vor dem Wohnzimmerfenster. Seine Blätter raschelten eine Lied aus fernem Land, das doch so nah war: *„Im nächsten Jahr in Jerusalem!"* Samuel schnitt das frische, duftende Brot an und sprach den Segen für Joschko, der längst schon in seinem Bett tief und fest schlief.

Als er seine Frau segnete, legte er ihr die Hände auf den Kopf und pries den Namen des Herrn über ihr Leben.

Sie schloss dabei die Augen und genoss den Strom des Heiligen Geistes, der ihren Körper durchflutete. Andächtig aßen sie von dem Schabbatbrot und tranken von dem Wein. Der Schabbat hatte begonnen. Mit einem *„Schabbat Schalom!"* beendete Samuel schließlich die Zeremonie, als hätte er sie ein ganzes Leben lang an jedem Freitagabend ausgeführt. Amalie fand nichts Ungewöhnliches dabei. In ihrem Herzen erschien ihr alles so vertraut, als hätte sie es persönlich schon viele Male mit ihm durchlebt. Sie liebte ihren Mann. *„Dein Volk ist mein Volk, und dein Gott ist mein Gott. Wo du stirbst, da sterbe ich auch, da will ich auch begraben werden!"*

JOSCHKO DAVID SCHNEIDER

Mit siebzehn Jahren begann Joschko David Schneider mit einer Maurerlehre bei dem Obermeister Schnepper in Reepenstein. Es war sein sehnlichster Wunsch am Ende der Realschule etwas Praktisches zu lernen. Häuser zu bauen, das konnte er sich gut vorstellen. Häuser bleiben viele Jahre stehen. Da wohnen Menschen drin und fühlen sich geborgen. Da können sie weinen oder lachen, fröhlich oder traurig sein. Ein Haus oder eine Wohnung zu haben, in der man so sein darf, wie man will. Das ist etwas Wunderbares. Am ersten Tag der Lehrausbildung mussten alle Lehrlinge sich vor Arbeitsbeginn bei dem alten Obermeister August Schnepper noch einmal vorstellen. Er schmunzelte, als er die jungen Leute so vor sich stehen sah. Die Maurerlehrlinge mit frischen grauen Maurerhosen und den weißen Arbeitsjacken. Die Zimmererlehrlinge mit ihren schwarzen, breiten Hosen und den schwarzen Westen mit großen Perlmuttknöpfen drauf.

„Ihr wollt also das Bauhandwerk erlernen? Bei Wind und Wetter, Schnee und Regen und harter Arbeit. Und nach Arbeitsschluss jeden Tag sorgfältig euer Berichtsheft führen. Habt ihr euch das vorgenommen für die nächsten drei Jahre?", fragte er die Lehrlinge. Die jungen Leute nickten eifrig.

„Ja, das wollen wir!"

„Gut so", fuhr der Obermeister fort. „Darauf müsst ihr achten. Lernt nicht nur mit den Händen, sondern besonders mit den Augen. Achtet darauf, was euch die Gesellen und Poliere sagen und seid höflich. Er schaute in die Runde.

„Wenn ein Problem zu groß wird, dann könnt ihr auch zu mir kommen. Dann werden wir gemeinsam einen Weg finden. Mir und mich darf man verwechseln. Doch Mein und Dein, das dürft ihr niemals verwechseln. Das verlange ich von euch. Ich wünsche euch Glück und gutes Gelingen für eure Lehre und nun ran an die Arbeit." Damit entließ er sie, einen jeden in seinen Arbeitsbereich. Joschko hatte eine glückliche Hand und wurde von allen geschätzt. Das Maurerhandwerk erlernte er mit Auszeichnung. Es war für ihn eine gute Basis, um zwei Jahre später das Studium zum Bau-ingenieur in Buxtehude zu beginnen. Dort schloss er vier Jahre später seine Ausbildung mit Erfolg ab, so dass es ihm nicht schwer fiel, später im Architek-tenbüro Frankmann seine erste Anstellung zu finden. Er blieb bei seinen Eltern wohnen. Er konnte sie nicht verlassen. Er brauchte ihre Nähe.

Samuel Schneider wurde in seinem Überlandhandel immer erfolgreicher. Inzwischen konnte er sich einen Mercedestransporter so herrichten lassen, dass die Seitenwände hochgestellt werden konnten. Auf beiden Seiten des Transporters konnte man nun in Ruhe das Warensortiment in einer speziell ange-ordneten Fächerkombination betrachten. Diese Übersicht steigerte seinen Warenumsatz erheblich. Inzwischen wusste er genau, was auf dem Lande fehlte. Die Menschen waren immer wieder dankbar, dass ihnen weite Einkaufswege und Zeit erspart blieben. Schneider-Service wurde zu einem festen Begriff im Elbe-Weser-Dreieck.

Zweimal in der Woche fuhr Amy mit dem Kombi und dem Anhänger nach Hamburg oder Bremen, um Nachschub für die Überlandtour zu besorgen.

HASS

Dann kam der Tag, der alles so sehr veränderte und der so viele andere wunderbare Tage und Jahre in diesem schönen Ort Reepenstein ungeschehen machen wollte. Es geschah in einer frostklaren Nacht. An einem Mittwoch. Mitte November. Der Mond warf sein fahles Licht durch kahle Äste. Der Reykafelsen schien in solchen Nächten lebendig zu werden, weil sich im Wechselspiel zwischen Licht und Schatten seine Form ständig veränderte. Mal klobig gewaltig. Mal flach zusammengekauert und lauernd, wie ein zum Sprung ansetzendes Raubtier. Und schließlich, wenn sich eine Wolke vor den Mond schob, schien er sich schemenhaft in seine Umrisse aufzulösen.

Die Schneiders schliefen schon. Die Gartenpforte klappte in unregelmäßigen Abständen. Man hatte vergessen, sie einzuhaken. Einige Schatten näherten sich der Buchenhecke, die Haus und Garten von der Straße her abschirmte und an der sich noch das braune Herbstlaub festhielt. Eine Zeit lang kauerten sich die Schatten hinter die Hecke. Sie verständigten sich ohne Laute. Alles war vorher genau geplant und besprochen worden. So muss es wohl gewesen sein. Keiner hat sie kommen oder gehen sehen. Und drinnen im Haus, da schliefen Samuel, Amy und Joschko Schneider schon seit Stunden. Der alte Hass hatte einen neuen Anfang gefunden. Aber warum? Weshalb? Sie haben den ersten Stein geworfen. Wer hat das Recht, den ersten Stein zu werfen?

Hier in Reepenstein in der Nacht, Mitte November. Einfach durchs Küchenfenster. Und dann waren sie wieder weg. Das war der Anfang. Samuel Schneider, Amalie und Joschko wurden durch das Klirren der Scheibe wach. Die Glassplitter hatten sich über den Küchenboden verteilt. Sie lagen auf dem Tisch, auf der Anrichte, ja selbst auf dem Herd. Sie sprangen aus ihren Betten. Erschrocken. Durcheinander. Was war geschehen? Vom Schlafzimmer aus tasteten sie über den Flur. Dann zaghaft weiter. Die Küchentür wurde geöffnet. Sie wagten nicht, das Licht anzumachen. Die Fensterscheibe war zerschmettert. Der Wind ließ die Gardine in die Küche leicht hineinflattern. Sie lugten hinaus. Die Dunkelheit schwieg. Es flogen keine Steine mehr. Nur den einen fanden sie, eingewickelt in weißes Papier. Er lag direkt vor der Anrichte.

Sie nahmen den Stein und lösten das Papier. In großen schwarzen Druckbuchstaben stand darauf geschrieben: *„Juda verrecke! Wir kriegen euch! Das war erst der Anfang!"* Samuel hielt den Stein und die Drohschrift in der Hand. Joschko schaute seine Eltern fragend an. Doch wer konnte schon eine Antwort geben in dieser Situation. Die Kehle war wie zugeschnürt. Amalie liefen Tränen aus den Augen, die in dem schummrigen Licht des Flurs keiner bemerkte. Samuel legte den Stein und den Brief auf die Fensterbank. Aus der Werkstatt holte er einen Karton aus dicker Pappe und schnitt mit der Schere die Größe der zerbrochenen Fensterscheibe heraus. Mit einigen Heftzwecken befestigte er die Pappe an die Sprossen des Fensters.

„Bitte, setzt euch einen Moment!", bat er schließlich. Sie nahmen am Küchentisch Platz. Amalie zündete eine Kerze an. Gedämpftes Licht erfüllte den Raum. „Es ist nicht der Anfang!", begann Samuel mit halblauter Stimme. „Es war schon immer so, über die Jahr-hunderte hinweg, in jedem Land. Auf eine Zeit des Friedens folgte eine Zeit des Hasses. Jeschua ist Anfang und Ende. Er ist ein Gott des Friedens. Jeder Hass dieser Welt ist gegen ihn gerichtet. Jeschua wird mit uns sein - alle Tage. Der Hass richtet sich gegen die Liebe. Da, wo du deinen Nächsten lieben willst, versucht der Hass die Brücke zu zerschlagen. Möge der Allmächtige uns die Kraft geben, dass wir nicht in gleicher Weise reagieren, dass wir vergeben können, wo man uns hasst. Gott helfe uns!"

Sie fassten einander an die Hände. In diesen geschlossenen Kreis hinein sprach Samuel das Amen! Dann schwiegen sie. In der Stille der Nacht, die nur durch den Kerzenschein durchbrochen wurde, fühlten sie sich immer noch geborgen durch den, der mitten unter ihnen war. Er nahm ihnen die Angst, denn er hatte die Angst der Welt überwunden. Am nächsten Tag meldete Samuel Schneider den Vorfall der Polizei und legte den Stein mit der Drohschrift auf den Tisch. „Wir werden uns darum kümmern!", versicherte man ihm, nachdem er das Geschehen detailliert zu Protokoll gegeben hatte. Dann ging er wieder.

Die Presse hatte die nächtliche Aktion gegen die Familie Schneider in einer kurzen Notiz als Dummejungenstreich abgetan.

Eine rechtsradikale, antisemitische Bedrohung könne man darin noch nicht erkennen. Sachdienliche Hinweise nimmt die örtliche Polizeistation entgegen.

DAS GESPRÄCH

Es hatte sich herumgesprochen in Reepenstein. Bei der Familie Schneider hatte man einen Stein durch das Küchenfenster geworfen. Eingewickelt in eine Botschaft des Hasses und der Bedrohung. Samuel Schneider hatte die nächtliche Attacke im Rathaus gemeldet und die Beweisstücke, Stein und Brief vorgelegt. In der nächsten Gemeinderatssitzung war die Angelegenheit mit auf die Tagesordnung gekommen. Nachdem man zunächst hilflos mit den Schultern gezuckt hatte und nicht recht wusste, wie man darauf reagieren sollte, war man am Ende doch froh, dass sich der Pastor dieser Angelegenheit annehmen wollte. Daraufhin konnte man zügig zum nächsten Tagesordnungspunkt übergehen.

Was fängt man mit den Worten an, die wie spitze Pfeile direkt auf das Herz zielen. Die Angst und Schrecken verbreiteten und immer noch verbreiten. *„Juda verrecke! Wir kriegen euch! Das war erst der Anfang!"* Wie kann etwas erst der Anfang sein, das sich wie eine schwarze Decke über ein Volk gelegt hat. Verstreut in alle Länder. Über die Jahrhunderte hinweg. Grausam gequält, geknechtet, verfolgt und getötet. Nun gibt es wieder einen Juden in Reepenstein, verheiratet mit einer *Arierin*, blond und blauäugig und den gemeinsamen Sohn, der Halbjude Joschko David Schneider. Ist nicht ihr Gott auch unser Gott? Er kam in diese Welt als ein Jude. Wahrer Mensch und wahrer Gott. *„Sein Blut komme über uns und unsere Kinder!"*, riefen die Juden, nachdem sie Jesus Christus dem Kreuzestod ausgeliefert hatten.

Herbert Lienecke und Lieselotte Krämer konnten ihre Betroffenheit nicht in Worte zu fassen.

„Ich werde die Familie persönlich aufsuchen!", beschloss der Pastor. „Es ist so wichtig, mit ihnen zu sprechen. Worte zu finden, die der Botschaft des Hasses nicht nur entgegenstehen, sondern ihr auch entgegenwirken!"

„Ich komme mit!", entschied seine Verlobte. „Zu zweit können wir mehr ausrichten! Es ist gut, wenn eine Frau dabei ist." Sie strich sich über ihre rotblonden Locken, die weich über ihre Schultern fielen.

Samuel Schneider war von seiner Überlandtour zurückgekehrt. Nachdem er seinen Transporter in die Diele gefahren hatte, ging er ins Haus. Das Geschäft war gut verlaufen. Neben Handwerkzeugen konnte er auch eine Menge Porzellangeschirr verkaufen. Amy hatte ihm einen Kaffee eingeschenkt und ein Stück selbstgebackenen Butterkuchen dazu gestellt. Es klopfte an der Tür. „Bitte, Joschko, mach auf!", bat ihn seine Mutter. Nach wenigen Augenblicken kam er zurück.

„Ein Mann und eine Frau wollen euch besuchen." Amalie eilte zum Eingang. Sie erkannte Herbert Lienecke und Lieselotte Krämer.

„Kommen sie doch herein!", forderte sie die beiden auf. „Seien sie willkommen!" Sie führte sie ins Wohnzimmer und bat sie, in dem alten Plüschsofa von Marie Meyer Platz zu nehmen.

Wenig später kam auch Samuel dazu. Er begrüßte die Gäste und setzte sich zu ihnen. In einer gewissen Erwartungshaltung blickten sie auf den Pastor und seine Verlobte.

„Wir sind wegen des Steines und der Schmähschrift gekommen, Herr Schneider", begann Lienecke ohne Umschweife, „und wir möchten Ihnen sagen, dass wir die Tat verabscheuen und auf das Schärfste verurteilen!"

Lieselotte Krämer unterstrich die Worte ihres Verlobten mit heftigem Kopfnicken.

„Wir sind auf Ihrer Seite", fügte sie hinzu, „und wenn wir Ihnen in irgendeiner Weise helfen können, bitte, dann sagen Sie es uns!"

Samuel und Amalie blickten sich an und schauten dann auf die Besucher. Es wirkte, als fehlten ihnen die Worte. Doch dann begann Samuel mit einem Danke.

„Es ist gut, dass Sie gekommen sind. Sie kennen die Geschichte des Volkes Israel?"

„Ja, wir kennen sie. Die Geschichte ihres Volkes berührt uns sehr und sie macht uns immer wieder betroffen", versicherte Pastor Lienecke.

„Sie hatte ja nicht erst mit Adolf Hitler ihren Anfang", fuhr Samuel Schneider fort. „Der Schmerz, das Leid und alle Demütigungen der vielen vorangegangenen Jahrhunderte lagern sich wie schwere Schatten über uns und wir wissen nicht, was noch kommen wird. Doch eines Tages wird der Herr die Gefangenen Zions erlösen und dann werden sie sein wie die Träumenden!"

Er schwieg einen kurzen Moment und fragte Lienecke dann sehr direkt.

„Sind die Menschen bekannt, die den Stein ins Küchenfenster geworfen haben?"

Der Pastor schüttelte den Kopf.

„Nein, sie haben in der Finsternis agiert. Sie scheuen das Licht. Vielleicht kann man davon ausgehen, dass sie aus Reepenstein kommen. Mir ist nicht bekannt, inwieweit die Nachforschungen der Polizei ein Ergebnis erbracht haben."

„Es kann jeden Tag wieder passieren!", warf Amalie ein. „Der Hass scheint noch nicht beendet zu sein! Was sollen wir nur tun?"

„Ich kann Ihnen in dem Haus, in dem ich wohne, immer eine offene Tür anbieten." Er zögerte. „Wenn es notwendig werden sollte", fügte er etwas leiser hinzu.

„Auch ich werde Ihnen helfen, so gut ich kann", ergänzte Lieselotte Krämer ihren Verlobten.

Samuel und Amalie bedankten sich für die guten Absichten der Besucher.

„Die Zukunft wird uns den Weg weisen. Es kann sehr gut sein, dass wir schon bald ihre Hilfe in Anspruch nehmen müssen", gab Samuel Schneider zu bedenken. In seinen Gedanken klang es wiederum wie die prophetische Vorhersage des Sehers: *„Im nächsten Jahr in Jerusalem!"* Doch diesen Gedanken behielt er zunächst in seinem Herzen. Nachdem sie noch eine Tasse Kaffe gemeinsam getrunken hatten, verabschiedeten sich der Pastor und seine Verlobte.

„Möge Gott dieses Haus und seine Bewohner schützen und bewahren", sagte er beim Hinausgehen und drückte herzlich die Hände des Ehepaares Schneider.

Lieselotte Krämer umarmte Amalie beim Abschied. „Sie haben einen Platz in unseren Herzen", versicherte sie.

„Seien Sie immer unserer Hilfe gewiss. Wir werden für Sie da sein!" Bei Samuel Schneider lösten diese Worte ein gewisses Unbehagen aus, das er nicht näher in seinem Innern aufarbeiten wollte.

Als Herbert Lienecke mit seiner Verlobten am Reykafelsen vorbeikam, blieb er stehen. Er kannte die Geschichte des Opfersteines und das Unglück, das die germanische Mythologie über zwei Menschen gebracht hatte. Zwei Menschen, die durch ihre Liebe verbunden gewesen waren. Er fasste Lieselotte bei den Händen.

„Wir kennen uns schon viele Jahre. Eigentlich war es im Anfang deine Schönheit, Lilo, die mich gefangen genommen hatte. Doch dann musste ich feststellen, wie sehr ein kämpferisches Herz voller Liebe in dir schlägt. Ich liebe dieses Herz. Ich liebe dich. Willst du meine Frau werden?"

Für Lieselotte Krämer kam dieser Antrag völlig unerwartet. Sie wirkte betroffen und überrascht. Eigentlich hatte sie sich darauf eingestellt, dass alles so blieb, wie es war. In den Augen ihres Verlobten spiegelte sich Wahrheit.

Wie viele Jahre waren vergangen, seitdem sie sich das erste Mal geküsst hatten? Auch sie hatte gespürt, besonders nach der Rückkehr dieses Mannes aus russischer Gefangenschaft, dass ihre Herzen sehr viel mehr zueinander gefunden hatten. Auch ihr war die Tragik des Reykafelsens bekannt.

Warum sollte vor ihm nicht einmal das Glück zweier Menschen besiegelt werden? Sie legte ihre Arme um den Hals ihres Verlobten.

„Auch ich liebe dich, Herbert Lienecke, von ganzem Herzen, das weißt du schon lange, und ich sage Ja zu deinem Antrag!"

Er zog sie ganz eng an sich und gab ihr einen innigen Kuss auf den geliebten Schmollmund. Innerhalb einer Woche waren sie standesamtlich getraut.

„Die kirchliche Trauung holen wir nach, wenn Frieden in Reepenstein eingekehrt ist", beschlossen sie.

13. AUGUST 1969

Der 13. August 1961 war kein Tag wie jeder andere. Bewaffnete Einheiten der Grenzpolizei und Betriebskampfgruppen der Deutschen Demokratischen Republik riegelten in den frühen Morgenstunden die Grenze ab.

Quer durch Berlin. Auf der einen Seite die amerikanische, englische und französische Besatzungszone. Auf der anderen Seite der von den Sowjets besetzte Teil der alten deutschen Hauptstadt, deren Zerrissenheit nun durch Beton, Stacheldraht und Schießbefehl für alle Zeiten festgeschrieben werden sollte.

Die Mauer wurde gebaut. Aus soliden Betonsteinen und aus Stacheldrahtrollen, die ein Überwinden unmöglich machen sollten. Von den Wachtürmen aus war alles im Blick. Jede Bewegung am Tag und in der Nacht wurde registriert und über Zielfernrohre und Nachtsichtgeräte ins Visier genommen.

In dem Todesstreifen war ein dichtes Netz von Minen verlegt. Die konnten Füße und Beine abreißen oder den Flüchtling gleich ganz töten. Der Eiserne Vorhang nahm seinen Verlauf. Quer durch Europa, quer durch die Herzen der Menschen und Familien. Ohne Hoffnung und Zukunft, so schien es. Ein zementierter Teil der Geschichte.

Acht Jahre später, am 13. August 1969, kam Sarah Schneider zur Welt. Klein und zart und rosig, mit kurzen, blonden Haaren und eindrucksvollen dunkelgrünen Augen. Mandelförmig.

Amy hielt sie im Arm und Samuel und Joschko standen mit einem Kloß voller Glück im Hals neben ihrem Bett. Amalie lächelte.

„Keine Komplikationen, alles gesund und das mit fünfundvierzig Jahren. Wofür kann man dankbarer sein?"

„Mir fällt im Moment nichts ein, mir fällt wirklich nichts ein", erwiderte Samuel und streichelte seiner Amy immer wieder über die Wangen. „Was für ein schönes Kind!"

An diesem Tag beschloss Leutnant Josef Barnaski, der am Grenzübergang Zarrentin seinen Dienst versah, endgültig die Seiten zu wechseln. Er war der Auffassung, seine Probleme besser im Westen bewältigen zu können. Hier in der DDR gab es die zerbrochene Beziehung zu Monika. Das uneheliche gemeinsame Kind Ramona, für das er keine Unterstützung zahlen wollte und konnte. Die vielen Schulden, die er überall gemacht hatte. Es war nur noch eine Frage der Zeit, dann würden seine Vorgesetzten an ihn herantreten und ihn fragen, wie er das alles mit seinem Ehrendienst als Leutnant der Volksarmee der Deutschen Demokratischen Republik vereinbaren könne. Die unehrenhafte Entlassung wäre dann wohl noch das kleinere Übel für ihn gewesen. Es war genug. Heute nun sollte es sein. Er hatte sich alles genau überlegt. Er kannte die Kontrollwege entlang der Grenze und die Minenverlegungspläne ganz genau. An der Stelle, wo er das Minenfeld und den Stacheldrahtzaun überwinden wollte, hatte er mehr als einmal gehalten, um die Grenzbefestigung zu kontrollieren.

Jedes Mal war er in Gedanken weit über die Grenze nach Westen hinausgeeilt. Eine innere Unruhe ergriff ihn. Ich werde es schaffen und keiner wird mich daran hindern, sagte er sich immer wieder. Die Flucht wird gelingen, und dann werde ich im Westen ein neues Leben beginnen! Als er sich am Grenzübergang Zarrentin gegen acht Uhr in den Jeep setzte und auf dem Grenzkontrollweg davonfuhr, schaute ihm sein Vorgesetzter, Hauptmann Konrad Krause, irritiert nach.

„Ist Genosse Barnaski jetzt für eine Kontrollfahrt eingetragen?", fragte er mehr beiläufig seinen Feldwebel Hülschmann. Der Angesprochene schlug das Kontrollfahrtenbuch auf.

„Nein, Genosse Hauptmann. Leutnant Barnaski ist erst um elf Uhr dran. Zusammen mit Unteroffizier Meckelmann."

Hauptmann Krause schnallte sich das Koppel mit seiner Pistole um und wandte sich an Hülschmann.

„Übernehmen Sie mal mein Telefon. Ich fahre dem Genossen Barnaski hinterher und werde mich über Sprechfunk wieder melden."

Josef Barnaski war in der vorgeschriebenen Geschwindigkeit den Kontrollweg entlang gefahren. Nach etwa zwanzig Minuten hatte er den Ausgangspunkt seines Fluchtweges erreicht. Er stellte das Sprechfunkgerät aus und fuhr den Jeep nach links in eine kleine Gruppe aus Krüppelkiefern. Dann hängte er sich seine Kalaschnikow über den Rücken und zog unterm Nebensitz eine kräftige Drahtschere hervor. Die hatte er schon am frühen Morgen gleich nach der Übernahme des Jeeps unter dem Beifahrersitz deponiert.

Er schaute nach Westen. Vor dem Drahtzaun war das flachmoorige, sumpfige Gelände eingeebnet und frei von jeder Deckungsmöglichkeit. Nach Westen hin, hinter dem Drahtzaun, erstreckten sich Erlen und Weidenbüsche, die hier und da von einigen schlanken Pappeln und Birken mit ihren weißen Stämmen überragt wurden. Schilf, Rohrkolben, Binsen und Wollgras gaben den Hinweis auf Wasserlöcher und versumpfte Flächen, in denen jeder Schritt genau abzuwägen ist. Der Morgennebel lagerte sich noch über den Todesstreifen, der bei klarem Wetter kaum eine Möglichkeit der getarnten Annäherung zuließ. Etwa hundert Meter verminter Geländestreifen waren zu überwinden. Barnaski wusste, wie man sich an dieser Stelle trockenen Fußes und unter Umgehung der Schützensplitterminen dem Zaun nähern konnte. Der Morgennebel kam ihm sehr gelegen, denn er bot ihm ausreichend Schutz vor den Posten auf den Beobachtungstürmen.

Zügig robbte er in Richtung Zaun. An dieser Stelle bestand er aus Stacheldraht und war noch nicht durch einen Streckmetallgitter-Doppelzaun ersetzt worden. Barnaski fing sofort an, mit seiner Drahtschere eine Öffnung in den Zaun zu schneiden. Da hörte er das Motorengeräusch eines P3-Jeeps. Er legte sich flach auf den Boden in der Hoffnung, dass das Fahrzeug vorbeifährt.

Doch genau auf seiner Höhe verstummte das Motorengeräusch. Der Fahrer hatte offenbar seinen abgestellten Jeep entdeckt. Vorsichtig versuchte er über die Nebelschwaden hinweg zum Kontrollweg zu blicken.

Er erkannte den Genossen Hauptmann Krause, der sich langsam mit der Makarow in der Hand dem Zaun näherte.

Laut rief er: „Genosse Barnaski, machen Sie keinen Blödsinn. Kommen Sie sofort vom Zaun weg!"

Barnaski durchfuhr es. Offensichtlich hatte Hauptmann Krause ihn schon entdeckt. Er nahm seine Maschinenpistole in die Hand. Nein, dieses Mal wird er dem Befehl seines Vorgesetzten nicht gehorchen. Er versuchte den durchgeschnittenen Stacheldraht auseinander zu biegen. Nach oben hin noch zwei Drähte durchschneiden. Dann müsste es reichen. Genosse Hauptmann Krause war bis auf etwa zwanzig Meter herangekommen.

Laut rief er wieder: „Barnaski stehen Sie auf, damit ich Sie sehen kann!" Mit seiner Pistole schoss er in die Luft.

Josef Barnaski sprang auf und gab einen Feuerstoß in Richtung seines Vorgesetzten ab. Er sah, wie der Hauptmann wie vom Schlag getroffen nach hinten fiel.

Auf dem nahe gelegenen Beobachtungsturm wurde Alarm ausgelöst. Eine Sirene heulte. Barnaski wusste, dass er jetzt nicht mehr viel Zeit hatte. Doch er konnte den erschossenen Hauptmann nicht liegen lassen. In wenigen Sätzen war er bei ihm. Die Pistole hielt der Tote noch in der Hand. Das Blut hatte die Uniformjacke im Brustbereich dunkel gefärbt.

Barnaski nahm die Pistole des Hauptmanns an sich und steckte sie in die Hosentasche. Er griff ihm unter die Arme und zerrte ihn zum Zaun.

Dort hängte er sich seine Kalaschnikow wieder über den Rücken und versuchte nun, sich mit dem Toten durch das Loch zu zwängen. Hundegebell war zu hören, das immer näher kam. Leutnant Josef Barnaski erschien es wie eine Ewigkeit, als er endlich den toten Genossen Hauptmann Krause auf westdeutsches Gebiet geschleift hatte.

Vom Kontrollweg her hörte er Stimmen, die von dem Hundegebell unterbrochen wurden. Im Rückentragegriff legte er sich den Erschossenen über die Schulter und bewegte sich im Schutze einiger Weidenbüsche von dem Sperrgitterzaun fort. Er musste Abstand zwischen sich und die Verfolger bringen. Sie würden sicherlich nicht die Grenze nach Westen hin überschreiten. Doch man kann nie wissen. Jetzt hatten sie wohl die Stelle erreicht, wo er den Stacheldraht durchtrennt hatte.

Josef Barnaski keuchte. Er merkte, wie sein toter Vorgesetzter immer schwerer auf den Schultern lastete. Vorsichtig tastete er sich weiter vor auf einem kleinen Trampelpfad, der offenbar von Tieren genutzt wurde. Rechts und links von diesem Pfad erstreckten sich Schilf, Binsengürtel und bläulich schimmernde Wassertümpel, die zum Teil von Seerosen mit großen rundlichen Blättern bedeckt waren. An einer Stelle ragte eine kleinere Fläche offenes Wasser bis an den Rand des schmalen Trampelpfades, auf dem sich der Leutnant der Nationalen Volksarmee mit dem Toten vorwärts bewegte. Die Rufe und das Hundegebell auf der DDR-Seite klangen nicht mehr so nah und bedrohlich.

Josef Barnaski ließ den toten Hauptmann von der Schulter gleiten und starrte auf die dunkle, etwas brodelnde Wasserfläche. Ich habe keine andere Wahl, sagte er sich. Es muss sein! Er fasste seinem Opfer unter die Arme und zerrte es ans Wasserloch. Dann ließ er den Toten mit den Stiefeln zuerst ins Wasser gleiten.

Ganz langsam versank er im Faulschlamm. Die blutgetränkte, zerschossene Brust verschwand, und der tote, starre Blick, der sich anklagend auf den Genossen Leutnant richtete, verschwand auch. Damit war der Genosse Hauptmann Krause für die Deutsche Demokratische Republik ebenfalls im Westen verschwunden.

Die Maschinenpistole warf er kraftvoll zur anderen Seite in das offene Wasser eines Moortümpels. Dann arbeitete er sich weiter nach Westen vor. Dabei machte er immer wieder kurze Pausen und lauschte, ob Stimmen und Hundegebell ihm folgten.

Josef Barnaski meldete sich gegen zwölf Uhr beim Bundesgrenzschutz in Gudow. Dort wurde er von einem Hauptkommissar des Bundesgrenzschutzes verhört. Er schilderte, wie er den Grenzzaun überwunden hatte.

Ein Soldat der Grenzschutztruppen habe ihn bis auf das Gebiet der BRD verfolgt und auf ihn gezielt geschossen.

„Mit meiner Kalaschnikow habe ich zurückgeschossen und sie anschließend in den Sumpf geworfen. Dann bin ich weiter bis nach Gudow geflüchtet. Immer noch mit der Angst, dass die Soldaten der Grenztruppen hinter mir her sind."

Der Hauptkommissar des Bundesgrenzschutzes bot ihm eine Zigarette an, nachdem er das Vernehmungsprotokoll unterschrieben hatte. Später am Abend überprüfte eine Grenzpatrouille die Angaben des Offiziers der Nationalen Volksarmee. Das Loch in dem Zaun war schon wieder mit dichtem Stacheldrahtgeflecht geschlossen und man konnte vermuten, dass auf der DDR-Seite der Fluchtweg sicherlich durch Schützensplitterminen unüberwindlich gemacht worden war. Ansonsten entdeckte man keine weiteren Auffälligkeiten, die den Angaben des Josef Barnaskis widersprachen.

Sarah Schneider entwickelte sich zu einer Schönheit. Ihre mandelförmigen, dunkelgrünen Augen leuchteten wie das Wasser eines tiefgründigen Sees im Sonnenschein. Die schwarzen, schmalen Augenbrauen waren wie mit einer Tuschfeder gezogen. Die feine, leicht geschwungene Nase verlieh ihrem Gesicht eine gewisse strenge aristokratische Würde. Die wurde allerdings durch die vollen roten Lippen und die kleinen Grübchen in den Wangen weitgehend entschärft. Es schien, als ob ein leichtes Lächeln stets ihren Mund umspielte. Eine hohe, gerade Stirn und die schmalen Wangenknochen wurden von blondem Haar umrahmt, das ihr lang über die Schultern fiel. Nicht selten eilten ihrer großen, schlanken Gestalt die bewundernden und begehrlichen Blicke der jungen Männer hinterher. Doch es sollte noch lange dauern, bis ihr Herz für den Mann ihres Lebens entbrannte.
Schon früh entwickelte sie eine große Leidenschaft für Bücher.

„Sie sagen mir so viel über das Gestern, Heute und Morgen und spiegeln die Vielfalt der Menschen wider!", versuchte sie ihren Hunger nach Lesestoff zu begründen. Innerhalb weniger Stunden konnte sie einen vierhundert Seiten langen Roman verschlingen. Danach versuchte sie, ihrer Mutter oder ihren Freundinnen den Inhalt des Buches in knappen und umfassenden Zügen zu schildern, so dass der Zuhörer hinterher sagen konnte: „Das Buch kenne ich, das muss ich nicht noch lesen."

Es war fast eine Selbstverständlichkeit, dass sie nach dem Abitur das Studium zur Diplombibliothekarin absolvierte, um niemals die Nähe zu Büchern missen zu müssen.

GERHARD ECKEPREG

Irgendwann war Eckepreg da. Viele hatten es noch gar nicht bemerkt. Er war einfach da, und er nahm die Geschicke Reepensteins in seine Hand. Zurückhaltend in einer unauffälligen, leisen Art. Die Bewohner Reepensteins, die ihn kennen lernten, schätzten diesen Wesenszug und fühlten sich bei ihm in guten Händen. Äußerlich war Eckepreg niemand, von dem man sonderlich Notiz nahm. Von kleiner, gedrungener Gestalt und mit graublauen Augen, die wieselflink durch eine schmale Gold-randbrille hin und her schauen konnten. Und dann wirkte er auch wieder ganz unbeteiligt, so, als hätte er wirklich besseres zu tun, als sich mit den kom-munalen Querelen dieses Ortes abzuplagen.

Auffällig an ihm war einzig und allein seine Vollglatze, die weithin leuchtete, und die er mit einem schon leicht grau gewordenen Backenbart einzudämmen versuchte. Außerhalb des Rathauses trug er eine dunkelblaue Schiffermütze. Sie verlieh ihm etwas Gemütliches und gab ihm den Anstrich eines zufriedenen Urlaubers, der einzig und allein seinem Hobby, einer Segelyacht von mittlerer Größe, nachging. Doch in all diesen Überlegungen hatte man sich geirrt und Eckepreg völlig falsch eingeschätzt.

Dieser Mann verstand es von Anfang an, seinen Willen durchzusetzen. Das demokratische Mitein-ander im Gemeinderat entwickelte sich schließlich zu einem einzigen kollektiven Bemühen. Wie kann man dem Willen und Wollen Eckepregs am ehesten entsprechen.

„Es ist nicht gut", betonte er eines Tages, „dass Pastor Lienecke uns immer wieder in seinen Predigten mit der Schuld der Vergangenheit belasten möchte, und dass er mit seiner Frau bei dem Juden Samuel Schneider allzu oft ein- und auskehrt, um damit die angeblichen Schuldgefühle der Bürger plastisch zu unterstreichen."

Es schien, als habe er das nur mehr am Rande bemerkt. Dennoch verwunderte es doch einige Bürger, dass die Kirchenleitung etwa zwei Jahre später ihrem Amtsbruder in Reepenstein nahelegte, doch über eine Frühpensionierung aus gesundheitlichen Gründen nachzudenken. Immerhin habe seine jahrelange russische Kriegsgefangenschaft sicherlich ihre Spuren an Leib und Seele hinterlassen. Man könne es daher gut verstehen, wenn das Trauma der Vergangenheit noch nachwirke. Wer habe schon unmittelbar im letzten Krieg erfahren müssen, dass Frauen, Kinder und alte Menschen systematisch umgebracht wurden. Das schlägt sich auf die Seele. Kein Wunder, dass so etwas immer wieder hochkomme und sich auch auf den Predigtdienst auswirke.

Lienecke fügte sich nach einem halbherzigen Protestbrief dem Ansinnen der Kirchenleitung und ließ sich amtsärztlich untersuchen. Er war müde geworden. Und als man ihm nach weiteren Untersuchungen ein paar Monate später eröffnete, dass er bei seinem angegriffenen Herzen doch noch mit einer ganz guten Pension in den vorzeitigen, wohlverdienten Ruhestand gehen könne, hatte er keine weiteren Einwände mehr.

Die meisten Reepensteiner begrüßten es gar, denn dieses ewige Herumrühren Lieneckes in ihrem Gewissen ging schließlich nicht nur Gerhard Eckepreg auf den Geist. Mit freundlichen Lobeshymnen verabschiedete man ihn aus seinem Dienst und wünschte ihm Gottes Segen für einen aktiven Ruhestand, den man vielleicht auch ein wenig auf den eingegangenen, noch so frischen Ehestand mit seiner Lieselotte bezog. Da er das Pfarrhaus für den Nachfolger verlassen musste, wurde es auch gar nicht anders erwartet, dass er als „Jungvermählter" nun in das elterliche Haus seiner Frau zog, um dort gemeinsam mit ihr und der Schwiegermutter Haus und Hof und drei dicke Katzen zu versorgen.

Es war Eckepreg niemals abzuspüren, ob er seine Erfolge überhaupt genoss. Stets bemühte er sich um eine gleichbleibende, nichtssagende Freundlichkeit und seine tief verwurzelte Abneigung gegen alles, was sich jüdisch, islamisch, christlich oder anderswie nannte, konnte man ihm nur schwer anmerken.

Er hatte sich für das *arische Menschenbild* entschieden, das er als das allein tragfähige Fundament für das ganze deutsche Volk erachtete. In seiner Eigenschaft als Stadtdirektor nickte er nur kurz, als ihm mitgeteilt wurde, dass Pastor Lieneckes Platz nun von einem jüngeren Amtsbruder ausgefüllt worden sei. Er heiße Nadott und habe noch gar nicht lange sein Vikariat hinter sich.

Ein leichtes Lächeln kräuselte sich um Eckepregs Mundwinkel. „Na ja", meinte er trocken, „besser Nadott als Gott."

Kraußkopf, als Abgesandter des Kirchenvorstandes, wusste nicht recht, ob er über diesen Witz des Stadtdirektors lächeln oder lieber ernst bleiben solle. Er entschied sich für letzteres.

Den Stadtdirektor erarbeitete er sich mit hinterhältigem Geschick und taktischer Geduld. Nach einer Verwaltungslehre in Zeven und einem Studium der Betriebswirtschaft in Hamburg, sammelte er zunächst zwei Jahrzehnte lang Erfahrungen in der Finanzverwaltung in Stade. Dann übernahm er die Finanzen in Reepenstein als Amtsleiter und wurde damit gleichzeitig stellvertretender Stadtdirektor. Es gab keine Finanzbewegung, die nicht über seinen Schreibtisch ging und von ihm bewilligt oder abgelehnt wurde. Dann kam der Zeitpunkt, die Gunst der Stunde, den Posten des Stadtdirektors mit dem des Amtsleiters in der Position des Stadtdirektors zu vereinigen.

Im Laufe von nur wenigen Jahren hatte er den alternden Stadtdirektor Klindworth mit sicheren Worten dazu bewegen können, die freiwerdenden Stellen im Rathaus mit Personen seiner Wahl zu besetzen. Als Peter Klindworth nach zwei Herzinfarkten vorzeitig in den Ruhestand ging, nutzte er die Gelegenheit. Auf sein Bemühen hin gab es ab sofort nur noch die Planstelle des Stadtdirektors. Den Bürgern von Reepenstein versicherte er überzeugend, dass dadurch das Haushaltsbudget des Ortes erheblich entlastet würde. In der darauf folgenden Kommunalwahl wurde er in seinem Amt und in seiner Funktion als Stadtdirektor mit großer Mehrheit gewählt und bestätigt.

Keine politisch aktive Person fand irgendetwas Ungewöhnliches daran. Im Gegenteil Eckepreg erhielt dafür Lob von allen Seiten. Immerhin wurde ein ganzes Gehalt eingespart. Deshalb erhoben sich auch keine Einwände, dass der Stadtdirektor eine jährliche Gehaltsaufbesserung von zehn Prozent einforderte. Schließlich arbeite er ja jetzt für zwei.

Gerhard Eckepreg gehörte zu den Menschen, die stolz darauf waren, ein Deutscher zu sein. Er hasste alle Ausländer, die sich in Deutschland tummelten und wie die Flöhe vermehrten. Natürlich konnte ihm niemand diesen Hass anmerken. Dennoch wusste er ihn immer wieder in gezielter und hinterhältiger Art und Weise umzusetzen. Besonders hasste er die Juden. Deshalb wurde es für ihn mehr und mehr zu einem schmerzlichen Bewusstsein, einen Juden wie Samuel Schneider mit seiner Familie in seiner Stadt zu wissen.

Während des Studiums in Hamburg hatte er Josef Barnaski kennen gelernt. Eckepreg kannte die Lebensgeschichte des ehemaligen Leutnants der Volksarmee und die Umstände seiner Flucht. Irgendwann nach mehreren Bieren musste Barnaski mal alles loswerden. So vertraute er sich dem Älteren an, der so gefestigt und ausgeglichen auf ihn wirkte.

„Ich kann deine Handlungsweise gut verstehen", versicherte er damals dem ehemaligen DDR-Flüchtling. „Genauso hätte ich auch reagiert!"

Eckepreg hielt den Kontakt zu Barnaski immer aufrecht, weil er wusste, dass er diesen Mann einmal gut gebrauchen könne. Eckepreg liebte die Macht.

Sein Vater, Walter Eckepreg, war als ein mächtiger Obersturmbannführer an den Judenerschießungen bei Minsk in Weißrussland beteiligt gewesen. Bei seiner Gefangennahme durch die sowjetische Armee am 23. April 1945, wurde er aufgrund von Zeugenaussagen aus der Bevölkerung ohne weitere Verhandlung aufgehängt. Gerhard Eckepreg erinnerte sich gern an seinen Vater. Geradlinig, forsch und absolut führertreu. Ein Mann mit Prinzipien, der schon früh seinen Judenhass auf den einzigen Sohn übertrug. An einen Vers, den er ihm, dem Dreijährigen, Anfang 1945 während eines Kurzurlaubs beibrachte, konnte er sich heute noch gut erinnern: „Darauf musst du achten, wenn der Jud' dich fängt, wird er dich auch schlachten!"

Jeden Abend vor dem Schlafengehen sagte er sich diesen Vers des Vaters wie ein Gebet auf. Drei Jahre nach der Hinrichtung von Walter Eckepreg nahm sich seine Mutter Annegret Eckepreg das Leben. Von da an wuchs er bei der alleinstehenden Schwester seines Vaters, Rosemarie Eckepreg, in Bremervörde auf. Eckepreg hasste die Juden mit einer unbändigen Intensität. Sie sind Schuld am Tod meiner Eltern! Dieser Gedanke ließ ihn niemals los und verankerte sich fest in seiner Seele zu einem unumstößlichen Gedankengebäude. Dafür werde ich sie schlachten, nahm er sich vor. Irgendwann wird die Zeit reif sein.

In Reepenstein wusste niemand etwas über den familiären Hintergrund des Stadtdirektors. Eckepreg achtete sorgsam darauf, dass es so blieb. Schließlich war er niemandem Rechenschaft schuldig.

Es gab weder eine Frau noch Kinder in seinem Leben. Er lebte seiner Rache, die er verdeckt und unendlich geduldig vorbereiten konnte. Josef Barnaski klopfte mit einer Akte unter dem Arm vorsichtig an die Tür des Stadtdirektors. Nach einigen Sekunden hörte er ein kurzes unverbindliches Herein. Barnaski öffnete behutsam die Tür und trat in das Zimmer seines Chefs. Eckepreg blickte ihn abwartend an.

„Es geht um den Vorfall Samuel Schneider, Aktenzeichen SS-59/3. Liegt schon sehr lange zurück. Sie wissen schon. Die Sache mit dem Stein, der in eine judenfeindliche Äußerung eingewickelt war und mit dem das Küchenfenster der Familie Schneider eingeworfen wurde", erläuterte Barnaski. „Samuel Schneider hatte seinerzeit den Vorfall gemeldet", fuhr er fort, „die Polizei wurde eingeschaltet. Es ergaben sich jedoch niemals irgendwelche konkreten Anhaltspunkte oder Hinweise für eine Täterschaft. Der Herr Schneider gibt keine Ruhe. In einem Abstand von sechs bis sieben Monaten fragt er immer wieder nach und das seit Jahren. So auch jetzt. Wie sollen wir damit weiter umgehen?"

Eckepreg ließ sich die Akte geben und blätterte sie durch.

„Was haben Sie denn selbst dabei herausgefunden?", fragte er seinen Mitarbeiter. Barnaski strich sich unbewusst über seinen Kinnbart.

„Nach meinen Recherchen scheint es sich hier um eine Gruppe von jungen Leuten zu handeln, die sich unter der Gruppenbezeichnung *666* zusammenfinden.", erläuterte er.

„Scheinen Adolf Hitler als ihr Vorbild zu verehren!"

Eckepreg zog die Augenbrauen hoch und runzelte die Stirn. „Die Gruppe *666!* Was bedeutet das? Können Sie mir das erklären?" Sein Gegenüber nickte beflissen.

„Doch, das ist mir möglich, zumal ich schon seit geraumer Zeit diese Gruppe observieren lasse. Sie besteht aus jungen Männern und Frauen, so zwischen zwanzig und dreißig Jahren. Überwiegend kommen sie aus begüterten Häusern. Sie hören Musik miteinander. Hauptsächlich Rechtsrock und Deathmetal. Feiern ihre Feste, diskutieren über Deutschlands Zukunft und fühlen sich in nationalsozialistischer Weise dem ganzen deutschen Volk verpflichtet. Geographisch akzeptieren sie ein Deutschland nur in den Grenzen des Hitlerreiches vor dem Zweiten Weltkrieg. Die Ausländer sind ihnen ein Gräuel. Besonders die Juden. Sie treten nicht offen auf. Mindestens einmal in der Woche treffen sie sich, um hinter verschlossenen Türen Aktionen zu planen, mit denen man der Ausländerschwemme und dem Weltjudentum begegnen könne."

Eckepreg hob leicht die Hand. „Danke, es ist gut Barnaski. Doch verraten Sie mir bitte noch, woher Sie diese Informationen oder sagen wir besser, diese Kenntnisse haben?"

Josef Barnaski wusste das versteckte Lob seines Chefs wohl zu werten. Doch er bemühte sich, dies dem Stadtdirektor nicht merken zu lassen. Deshalb fuhr er in gleichmäßigem Tonfall fort.

„Zunächst haben wir in Reepenstein einen gut arbeitenden Ordnungsdienst, der es hervorragend versteht, in unauffälliger Weise Hintergrundinformationen zu beschaffen."

„Gut, gut", unterbrach ihn sein Chef etwas ungeduldig. „Was hat es mit der Gruppenbezeichnung *666* auf sich?"

Barnaski setzte erneut an. „Meine Großmutter war eine bibelgläubige Frau und wusste es immer wieder sehr geschickt einzurichten, mich schon in jungen Jahren über Inhalte der Bibel zu unterrichten. Die Zahl *666* steht im Buch der Offenbarung und beschreibt die Verbindlichkeit und Abhängigkeit des Menschen zum Satan. Menschen, die solchen Gruppen anhängen, verehren den Teufel und seine Macht. Sie sind zutiefst antisemitisch und ausländer-feindlich. Alles Schwache und Behinderte wird als lebensunwert verachtet. So etwas habe keinen Platz in der Volksgemeinschaft. Nur der Starke zählt."

Gerhard Eckepreg nickte zufrieden. „Gut Barnaski, sehr gut. Versuchen Sie einen verdeckten Kontakt zwischen mir und dem Leiter der Gruppe herzustellen. Ich würde gerne einmal ein paar Worte mit ihm wechseln."

„Das lässt sich einrichten, Herr Eckepreg", versicherte Barnaski.

„Es braucht etwas Zeit. Doch ich werde Sie auf dem Laufenden halten."

Der ehemalige Leutnant der Nationalen Volksarmee und Republikflüchtling gehörte seit einigen Jahren zur engeren Mitarbeiterschaft des Stadtdirektors.

Nachdem er die Leitung der Verwaltung übernommen hatte, konnte er, Gerhard Eckepreg, noch besser über die unterschiedlichen Grundeinstellungen und Haltungen unterrichten, die es im Rathaus oder auch in den politischen Fraktionen gab. Als er den Raum verlassen hatte, rieb sich Eckepreg verstohlen die Hände und ein böses Grinsen zeichnete sich in seinem Gesicht ab.

NOCH IN DIESEM JAHR IN JERUSALEM

Max David Schneider war es 1947 gelungen, mit einem als türkischen Fischkutter getarnten Schiff, zusammen mit gut einhundert Juden, von der Haganah nach Palästina eingeschleust zu werden. Vorbei an englischen und französischen Patrouillenbooten. Er gehörte dazu, als am 14. Mai 1948 in Erez Israel der neue Staat ausgerufen wurde. Als er sich viele Jahre später an das Deutsche Rote Kreuz wendete, erfuhr er, dass sein Cousin Samuel Schneider auch überlebt hatte. Nur zwei aus ihrer Generation und Familie. Als sie sich am 14. Mai 1998 erstmalig in Hamburg im Flughafenrestaurant trafen, hielten sie sich an den Händen und schauten sich vielleicht eine halbe Stunde lang unverwandt an. Der Cappuccino wurde kalt, und zum Schluss fielen ein paar Tränen auf den kleinen runden Tisch, an dem sie saßen.

„Komm mit deiner Familie nach Jerusalem!", ermutigte Max seinen Vetter. „Es ist ein hartes Land, in dem wieder viel Blut fließt. Doch es ist unser Land. Gott wohnt inmitten seines Volkes. Näher als in Jerusalem kann er dir nirgendwo auf der Welt sein. Es ist gut, im Land seiner Vorväter den Lebensabend zu beschließen."

Samuel Schneider lächelte versonnen.

„Im nächsten Jahr in Jerusalem? Ich werde darauf zurückkommen Max. Schon lange brennt das Wort in meiner Seele und mein Herz jubelt bei dem Gedanken, dem Allmächtigen an der Klagemauer in Jerusalem meine Dankopfer zu bringen."

Samuel nahm nach diesem Treffen die Hände seiner Frau in seine Hände. Er sah sie an. Wie grau auch sie schon geworden war, dachte er. Das Älterwerden war für ihn nie ein Problem gewesen. *Gott ist mit uns am Abend und am Morgen und ganz bestimmt an jedem neuen Tag,* zitierte er im Geiste die Worte Dietrich Bonhoeffers. Er lächelte seine Amy an.

„Wir sind älter geworden, nicht wahr?"

Amalie schmunzelte und nickte: „Ach, ist dir das jetzt auch schon aufgefallen?" Sie ahnte, dass ihr Sam etwas Besonderes auf dem Herzen hatte. *„Noch in diesem Jahr in Jerusalem?",* fragte er sie ernst und erwartungsvoll. Ihr Schmunzeln wurde zu einem Lächeln.

„Ich habe es fast erwartet. Ja, so soll es wohl sein! *Noch in diesem Jahr in Jerusalem."*

Sie erinnerte ihn leise an die Worte aus dem Buch Rut, dieser bemerkenswerten Frau des Alten Testamentes:

„Wo du hingehst, da will ich auch hingehen; wo du bleibst, da bleibe ich auch. Dein Volk ist mein Volk, und dein Gott ist mein Gott. Wo du stirbst, da sterbe ich auch, da will ich auch begraben werden. Der Herr tue mir dies und das, nur der Tod wird mich und dich scheiden!"

Samuel fasste sie an den Händen und schaute ihr in die Augen.

„Mein Herz sagt mir, dass ich dich mit meinen dreiundsiebzig Jahren immer noch so liebe, wie mit meinen zwanzig Jahren, damals in Reepenstein. Amalie Schneider, geborene Behrens, mein Herz gehört dir!"

Als Amalie, Joschko, Sarah und Samuel den nächsten Schabbat gemeinsam feierten, besprachen sie mit ihren erwachsenen Kindern die Absicht, ihren Lebensabend in Jerusalem zu verbringen.

„Wir kommen mit!", entschieden   Joschko und Sarah. Der Sohn könnte mit seiner Mutter nach Tel Aviv vorausfliegen. Dann weiter mit dem Bus nach Jerusalem zum Vetter Max David Schneider und seiner Familie. Dort werden die Reepensteiner erwartet.

„Ich folge mit Sarah nach, bis alle Formalitäten in Reepenstein abgewickelt sind. Den Schneiderservice haben wir ja glücklicherweise schon vor einigen Jahren gut verkaufen könne. Wie es in Israel weitergehen wird, klären wir dann vor Ort ab", schlug der Vater vor.

„Beim Hausverkauf mit all seinen Liegenschaften werden uns sicher Herbert und Lieselotte Lienecke zur Seite stehen. Unsere Freunde haben immer zu uns gehalten. Sie und Reepenstein zu verlassen, das fällt mir schwer", sagte Amy in Hamburg Fuhlsbüttel, kurz vor dem Abflug, als sie sich noch einmal in den Arm nahmen und liebevoll küssten.

„Wenn alles geregelt und abgeschlossen ist in Reepenstein, dann kommen wir sofort nach, mein Liebes", und an seinen Sohn gewandt: „Pass gut auf deine Mutter auf, Joschko!"

Samuel umarmte seinen Sohn. „Vielleicht habe ich nicht immer die Zeit für dich gehabt, die ich hätte haben sollen. Doch ich liebe dich, mein Sohn, so wie ich deine Schwester und deine Mutter sehr lieb habe. Ihr seid mehr, als ich jemals verdient habe." Er lächelte.

„Wir sehen uns in Jerusalem wieder. Wenn uns der Allmächtige Gnade schenkt, dann werden wir versäumte Zeit gemeinsam nachholen. *Schalom* und *Auf Wiedersehen* in Jerusalem!"

Amalie Schneider wandte sich noch einmal an ihre Tochter.

„Achte auf den Vater, du kennst seinen Speiseplan. Ich freue mich darauf, euch bald wiederzusehen. Gott segne dich! Sei nicht traurig." Dabei strich sie ihr über das lange blonde Haar. Sarah nickte ein wenig zaghaft.

„Bis bald Mutter, ich liebe dich!"

Joschko schloss seine Schwester ebenfalls in die Arme.

„Der Vater wird froh sein, dass du bei ihm bist. Ohne Mutter wirkt er in manchen häuslichen Dingen doch recht hilflos. Leb wohl, kleine Schwester, Gott mit dir!"

Als sie durch die Sperre gegangen waren, drehten sie sich beide noch einmal kurz um.

„In diesem Jahr in Jerusalem!", rief Joschko zurück.

„Ja, ja, so soll es sein!", erwiderten Vater und Tochter. *„Noch in diesem Jahr in Jerusalem!"*

SCHWEDEN

Als Gösta Stern die Aufzeichnungen über den Sachsenedling Legumind las, war ihm sofort klar, dass er den Ort Reepenstein aufsuchen müsse. Die Kleinstadt Reepenstein mit der Legumindkirche und dem Reykafelsen. Er versuchte sich alles vorzustellen. Die Reyka, die modrig und braun ihre Wassermassen durch den Ort bewegte. Fünf mal fünf Meter der Opferfelsen, direkt am Fluss unterhalb der Kirche, grün bemoost, ein ewiger Zeuge.

Es war schon eigenartig, in der Bibliothek von Örkelljunga eine Chronik über den Ort Reepenstein in die Hand zu bekommen. Der Gedanke an Legumind und den Reykafelsen ließ ihn nicht mehr los. Daheim suchte er auf einer Landkarte Reepenstein. Leicht zu finden, stellte er fest. Liegt ziemlich genau in der Mitte zwischen Hamburg und Bremen. Direkt an der Autobahn.

Eine Erwartungshaltung versuchte sein Denken zu beflügeln. Sicherlich hat der Sachsenedling mit seiner Geschichte die Geschichte Reepensteins in einer fruchtbaren Weise beeinflusst. So, dass der Schrecken des Reykafelsens die Menschen vor vielen weiteren Grausamkeiten bewahrt hat. Wie wird es wohl den Juden in diesem Ort während der Hitlerdiktatur ergangen sein? Ob es noch Juden gibt in Reepenstein?

Es kann spannend werden. Vielleicht spiegelt Reepenstein ein ganz anderes Deutschland wider mit viel Hoffnung für die Zukunft. Doch erst einmal zu Gösta Stern.

Den allgemeinen Steckbrief des Journalisten konnte man nicht mit dem eines gebürtigen Schweden vergleichen. Gösta Isaac Stern. Jude. Schwedischer Staatsbürger. Siebenunddreißig Jahre alt. Großmutter mütterlicherseits, Judith Steinberg, in Schweden gestorben. Großvater mütterlicherseits, Isaac Steinberg, in Auschwitz ermordet. Meine Großmutter, Judith Steinberg, schaffte es 1936 mit ihrer elfjährigen Tochter Rebekka nach Dänemark zu emigrieren. Dann kamen 1940 die deutschen Truppen auch in dieses Land. Genau am 9. April. Obwohl Dänemark mit Deutschland einen Nichtangriffspakt abgeschlossen hatte. Gösta Stern kannte die Geschichte seines Volkes in Skandinavien wie kaum ein anderer.

Als die Deutschen verlangten, dass jeder Jude in Dänemark den Judenstern tragen müsse, widersetzte sich König Christian X. auf seine Weise. Er drohte den Besatzern an, ebenfalls mit einem Judenstern auf der Brust seinen morgendlichen Ausritt vorzunehmen. Das würde er machen, quer durch Kopenhagen, wenn auch nur ein Bürger seines Landes dieses Zeichen tragen müsse. Überlegen Sie mal, was dann passiert wäre? Wohl keine drei Tage später hätte ein ganzes Volk ihren König nachgeahmt und einen Judenstern getragen.

Die Besatzer zogen ihren Befehl stillschweigend zurück. Die Geschichte der Juden in Dänemark war damit natürlich nicht zu einem sicheren Abschluss gekommen. 1943 verhärtete sich die Politik der Okkupationsmacht. Die Deutschen erfuhren vermehrt den offenen Widerstand der Dänen.

Die Folge war, dass im August 1943 die dänische Selbstverwaltung völlig durch die Deutschen übernommen wurde. Für die dänischen Juden entstand dadurch eine sehr unsichere Situation. Ungefähr 8000 Juden waren zu der Zeit in Dänemark, davon 1500, die seit 1930 von Deutschland emigriert waren. Dänemark war das einzige von den Deutschen besetzte Land, aus dem man die Juden noch nicht deportiert hatte. Im September 1943 planten die Nazis, alle Juden Dänemarks festzunehmen, um sie in die Vernichtungslager zu überführen.

Aus deutscher Sicht wurde diese Aktion zu einem Fiasko. Bis auf ungefähr 480 Juden konnten sich alle nach Schweden retten. Es ist bis heute nicht klar, wer den Deportationszeitpunkt verraten hatte. Vielleicht spielte der höchste zivile deutsche Repräsentant in Dänemark, Werner Best, eine besondere Rolle in diesem Geschehen.

Jedenfalls gelang es im Oktober 1943 im Verlaufe von wenigen Wochen mehr als 7000 Juden über den Öresund nach Schweden zu flüchten. In Segel- und Ruderbooten. In allem, was sich über Wasser hielt. Einige versuchten es schwimmend. Doch sie erreichten das rettende Ufer nicht. In einem der Fischerboote saßen meine Großmutter Judith Steinberg und meine Mutter Rebekka. Jakob Stern, ebenfalls von Deutschland emigriert, hatte die beiden Frauen fest in den Arm genommen, um gemeinsam die Angst und die Kälte auszuhalten. Jakobs Eltern und Großeltern waren 1942 nach Treblinka deportiert worden. Ob sein Bruder noch lebte, wusste er nicht.

Am 4. Oktober 1943 keuchten die zwei dänischen Fischer, heftig rudernd, mit ihrem Boot durch den Morgennebel über den Sund. Die Finger fast erfroren. Eins der letzten Boote an diesem Morgen. Etwa vierzehn Juden unterschiedlichen Alters kauerten sich auf die Bodenplanken. Leuchtkugeln versuchten den Nebel des frühen Morgens mit ihrem gelben Licht zu durchdringen. Keiner redete im Boot. Nur die Geräusche der Ruder waren zu hören, die regelmäßig ins Wasser tauchten und das Boot Schlag um Schlag und Meter um Meter zur schwedischen Seite brachten.

Endlich, wie nach einer Ewigkeit, knirschte Sand unter dem Bug des Fischerbootes. Hilfreiche Hände streckten sich den Flüchtlingen entgegen. Heißer Tee und Kaffee wurde gereicht und Decken und Brot. Endlich in Freiheit. „Seid willkommen in Schweden! Välkommen i Sverige!" Die Angst schien sich im Morgennebel aufzulösen. Ein paar hundert Juden hatten im Laufe der Nacht an der Küste vor Helsingborg den Schrecken der Deportation hinter sich gelassen.

GÖSTA STERN

Jakob Stern heiratete Rebekka Steinberg am 9. Mai 1945. Der zweite Weltkrieg war zu Ende. Sie durften in Schweden bleiben. Die ersten Jahre wohnten sie in einem kleinen Holzhaus in Åsljunga in Skåne, gar nicht weit entfernt von Helsingborg, etwa siebzig Kilometer. Eine landschaftliche Perle Südschwedens.

Im Mittelalter gehörte Skåne zu Dänemark. Immer wieder umkämpft zwischen Dänemark und Schweden. Bis zum Frieden von Roskilde 1658. Seitdem gehörte es zu Schweden. Oberhalb des knapp tausend Einwohner zählenden Dorfes kam Gösta Stern in Skåne zur Welt. Åsljunga, am 3. Oktober 1968. Sie nannten ihn Gösta. Irgendwie ein Dankeschön an Schweden, das Land, in dem sie frei sein und leben durften. Den Namen hatte meine Mutter aus einem Roman von Selma Lagerlöff *„Gösta Berling"*. Ihr gefiel der Vorname.

Den zweiten Namen, Isaac, erhielt er in Erinnerung an den in Auschwitz ermordeten Großvater. Doch gerufen wurde er immer nur Gösta. Nicht lange nach seiner Geburt zogen sie in ein rotes Holzhaus nach Tockarp an den Vemmentorpasee. Es war größer, bequemer und nahe am See, von dem aus sich ein Fluss an zwei Seiten des Anwesens herum- schlängelte. Zum Wohnhaus gehörte ein Nebenge- bäude, in dem eine Werkstatt und ein Geräteraum untergebracht waren. Ein Mischwald aus Tannen, Buchen und Birken zog sich wie ein grüner Schutzgürtel vom Flussufer hangaufwärts.

Im Fluss tummelten sich Barsche, Hechte und Plötze. Wenn man mittags die Reuse aus dem Fluss zog, hatten sich so viele Fische in ihr versammelt, dass das Mittagessen gesichert war. Womit verdiente Gösta Stern sein Geld? Nun ja, er schrieb. Als freier Mitarbeiter für verschiedene Zeitungen. Dagens Nyheter, Berlingske Tidende oder Flensborg Avis. Hier und da ein Gedicht. Seine Themen bezogen sich meist auf das aktuelle Tagesgeschehen, das er immer wieder geschickt mit der Geschichte dieser Welt und mit der seines Volkes zu verknüpfen wusste. Geschichte interessierte ihn schon immer. Geschichte berichtete ihm so viel über die Menschen, und er konnte in ihr lesen, wie in einem Spiegel.

Die Geschichte hält jedem Volk den Spiegel vor die Augen, und die Menschen finden sich darin wieder. Ja, besonders die Menschen interessierten ihn in diesem Zusammenhang. Ein unerschöpflicher Fundus. Der Mensch vor dem Krieg, während des Krieges oder auch danach. Menschen sind Geschichte. Sie sind der eigentliche Spiegel ihrer Geschichte. Jeder Mensch ist ein geschichtliches Wesen. Er ist eingebunden in die Geschichte, die ihn prägt und das Volk, in dem er lebt oder dem er sich zugehörig fühlt. Geschichte geht über Nationen hinweg. Gösta Stern empfand sich als ein lebendiger Teil dieser Geschichte. Geschichte ist immer etwas Dynamisches. Jetzt und heute lebt sie. Doch schon morgen ist sie festgeschrieben für Zeit und Ewigkeit. Du bist mittendrin. Geschichte verbindet, bindet oder trennt die Völker.

Geschichte ist Schicksal! Oder Vorherbestimmung? Deutschland hatte und hat seine besondere Geschichte, gerade mit den Juden. Auch, wenn sie noch so sehr belastet ist, diese Geschichte und man sie endlich einmal begraben möchte, so ist sie dennoch da, wie Schatten, die einen verfolgen. Man wird sie einfach nicht los. Diese Schatten gibt es sicherlich noch in jeder Stadt, in jedem Dorf, in jedem Haus. Sie lagern sich über das Land. Es wird spannend werden für mich, in den Spiegel der Geschichte von Reepenstein zu schauen.

SPURENSUCHE

Als am 9. November 1989 die Mauer, der Eiserne Vorhang, geöffnet wurde, konnte man am Tag danach irgendwo in einer Zeitung ein Gedicht lesen, das im Überschwang der Maueröffnung geschrieben worden war:

Wo Zäune brechen

Wo Zäune brechen und Mauern fallen
Da nimmt die Hoffnung freien Lauf
Wo Herz mit Herz sich neu verbindet
Hält niemand diese Hoffnung auf

Da wird der erste Morgenglanz
Zu einem starken Sonnenstrahl
Der hoffnungsvoll das Land durchdringt
Es weicht die Nacht der Trennungsqual

Ist auch die Zukunft voller Fragen
Tragt mutig Hoffnung in das Land
Wir wollen es noch einmal wagen
Brüderlich mit Herz und Hand

Denn Neues wird für den geschehen
Der aus Ruinen auferstand.

Am 3. Oktober 1990 war die Wiedervereinigungsfeier. Einigkeit und Recht und Freiheit. Die Deutsche Demokratische Republik wurde zur Bundesrepublik Deutschland.

Sechzehn Bundesländer. Ein Deutschland. Berlin die ungeteilte Hauptstadt. Deutschland war wieder größer geworden. War es dadurch auch reicher, ehrlicher und offener geworden? Durch wie viel Hoffnung wurde das wiedervereinigte Deutschland getragen. Wem dankte man für dieses unvorstellbare, einmalige Ereignis, das die Menschen ohne Blutvergießen in Ost und West wieder verbunden hat, zumindest geographisch?

Der Nebel zog flach über die Wiesen, als Gösta Stern früh am Morgen Reepenstein erreichte. Er hatte die Scheibe an der Fahrerseite geöffnet. Die kühle Morgenluft drang tief in seine Lungen. Sie erfrischte ihn. Er war schon einige Zeit unterwegs gewesen. Von Tockarp bis Reepenstein knapp sieben Stunden. Die Fährzeiten zwischen Helsingborg und Helsingör und zwischen Rødby und Puttgarden mitgerechnet.

Er war gut vorangekommen. Kein Stau. Dann noch etwa fünfzig Kilometer. Er war am Ziel. Er bog von der Autobahn ab. An einem Kreisverkehr, kurz vor dem Ortsschild, musste er das Tempo drosseln. Es war nicht die Frische des Morgens, die ihn kalt und unpersönlich berührte.

Ein gewisses Unbehagen, das sich in seiner Magengrube bemerkbar machte, berührte ihn. Er konnte es sich nicht erklären. Eichen und Kastanienbäume in behäbiger Größe säumten die Bahnhofstraße. Breit und sauber durchzog sie die Mitte des Ortes. In Nord-Süd-Richtung. Großzügige Fußwege luden zum Schlendern durch die Einkaufsstraße ein.

Mit aufmerksamem Blick registrierte er die Fassaden. Sie berichteten ihm von wohlhabenden Bürgern, die es zu etwas gebracht hatten. Kostbare Fülle in den Schaufenstern. Übertrieben reichlich, empfand der Journalist. Die Straßenlaternen gusseisern. Kopien der alten Berliner Gaslaternen, die des Nachts ihr fahles Licht in der Dunkelheit verteilten. Die Fassaden der Geschäfte waren mit Marmor und Kupfer verkleidet. Kupfer, das mit seinem stumpfen Grünspan in einem eigenartigen Kontrast zu den glänzenden Flächen des edlen Gesteins stand.

Stern fuhr auf einen Parkplatz, direkt hinter der Volksbank und zündete sich eine Zigarette an. Ich werde ein bisschen durch den Ort schlendern, dachte er und reckte seine Glieder. Einige Menschen eilten an ihm vorbei, ohne Notiz von ihm zu nehmen. In den Geschäften bereiteten Verkäuferinnen die Ladenöffnungen vor.

Eine alte, weißhaarige Frau in einem elektrischen Rollstuhl fuhr langsam an ihm vorbei. Sie musterte ihn eindringlich. Doch ihr Blick verriet nichts.

Anfangs dachte Stern, dass es mit der Morgenstunde zusammenhängen müsse. Die Menschen sind mit ihren Gedanken noch daheim. Im warmen Bett vielleicht. Am Frühstückstisch. Beim Morgenkaffee. Später änderte er seine Vermutungen. Die Gesichter der Menschen. Diese Gesichter reden nicht mehr, dachte er. Oder täuschte er sich nur? Gesichter waren immer schon für ihn wie aufgeschlagene Bücher gewesen. Er konnte in ihnen lesen.

Sie erzählen so viel, oftmals mehr, als ein Mund aussprechen kann. Besonders dann, wenn sie sich in einem flüchtigen Moment unbeobachtet fühlen. Sie sind ehrlicher und können nicht so leicht falsches Zeugnis ablegen. Die Augen spiegeln dabei die Seele wider. Die Gesichter in Reepenstein wirken überfordert und müde und leer, empfand er. Jedenfalls die Gesichter, die er bisher angetroffen hatte.

Sie haben keine ermutigenden Geschichten mehr. Oder liegt es doch an mir, dass ich sie einfach noch nicht richtig verstehen und einordnen kann? Es ist nur ein erster Eindruck, beruhigte er sich. Doch ich werde auf der Hut sein, nahm er sich vor. Gösta Stern musste sich immer wieder für Gesichter interessieren. Ganz natürlich. Schon wegen seines Berufes.

Manche Information, die eine Person verschwieg, konnte er ihr im Gesicht ablesen. Das war Sterns besondere Gabe. Damit kannte er sich aus. Es wird mir auch diesmal von Vorteil sein. Gesichter sind manchmal besser als Notizbücher oder Tonbänder. Ein plötzliches Gefühl von Freude erfüllte ihn. Er liebte seinen Beruf. Gerade deshalb, weil man niemals im Voraus abschätzen konnte, wie alles verlaufen würde.

Es gibt Überraschungen, Ungereimtheiten, Spannungen. Vor allem die Begegnungen machen den Beruf des Journalisten so abwechslungsreich. Jede Begegnung ein neues Gesicht. Eine neue Erzählung. Eine eigene Geschichte. Gesichter sind Schicksale. Spannend wie im Krimi.

Er warf den Rest seiner Zigarette in den Rinnstein und überlegte, ob er in einem Schnellimbiss ein Frühstück zu sich nehmen sollte. Doch dann verwarf er den Gedanken, weil ihm die Zigarette auf nüchternem Magen den Appetit verdorben hatte.

BEGEGNUNG

Vielleicht war es Zufall. Vielleicht auch nicht. Ein gepflegter Herr in den Siebzigern, schätzte er, trat auf ihn zu. Er stand vor ihm, als hätte er auf sein Kommen gewartet. Sehr aufrecht mit gepflegtem Vollbart, zurückhaltend, vorsichtig. Da war Bewegung hinter seiner Stirn. Gösta Stern bemerkte es. Er wendete sich ihm mit abwartender Gleichgültigkeit zu.

„Sie sind neu hier?", begann der Ältere.

„Ja, soeben in den Ort gefahren", bestätigte Stern. „Komme direkt aus Schweden." Ihm fiel auf, dass das volle graue Haar seines Gegenübers in einem eigenartigen Kontrast zu dem Vollbart und den üppigen Augenbrauen stand. Beides war nur von wenigen grauen Fäden durchzogen.

„Reepenstein ist ein schöner Ort für einen kurzen Aufenthalt", bemerkte der Mann. „Wir haben einen eigenen Fluss. Er fließt durch den gesamten Ort. Die Reyka. Ein Ort bekommt so etwas wie eine Seele. Er wird belebt, wenn sich ein Fluss hindurchschlängelt, nicht wahr. Trotzdem ist es seltener geworden, dass Gäste länger hier bleiben. Werden Sie länger bleiben?" Stern ging nicht auf seine Frage ein.

„Ich heiße übrigens Schneider, Samuel Schneider", fuhr der Alte fort. Er lächelte knapp.

„Ich wohne nicht weit von hier", versuchte er mit einer vagen Handbewegung nach hinten anzudeuten.

Stern lächelte dünn und streckte ihm die Hand entgegen.

Irgendwie wusste er gleich, dass er es mit einem Juden zu tun hatte. Ein Mann aus seinem Volke. Das überraschte ihn und stimmte ihn zugleich froh. Es gibt also Juden in Reepenstein. Er stellte sich vor.

„Gösta Stern, freischaffender Journalist. In der Bibliothek in Örkelljunga, ein kleiner Ort in Südschweden, wissen Sie, da bin ich auf die Geschichte Reepensteins gestoßen. Legumind interessiert mich. Seine Wandlung vom Sachsenkrieger zum Gottesmann und natürlich die Frage:

„Welche Auswirkungen hatte das Werk Leguminds auf Reepenstein? Ja, und natürlich den Reykafelsen möchte ich mir mal aus der Nähe ansehen."

Samuel Schneider blickte ihn unverwandt an. Er vermochte ein Lächeln nicht zu unterdrücken.

„Es ist nicht nur ihr Name, der Sie verrät." Er machte eine kleine Pause.

„Sie sind Jude, ich spüre es."

Gösta Stern nickte.

„Das ist wahr, genauso wahr, wie auch Sie zu dem Volk der Juden gehören", konterte er und lächelte ebenfalls.

„So ist es", bestätigte ihm der Ältere.

Sie gaben sich die Hand.

„Schalom!"

„Schalom!"

Nach einer kleinen Pause fragte Samuel Schneider den Neuankömmling:

„Darf ich Sie zu einem kleinen Frühstück einladen? Sie sind doch sicherlich ein wenig hungrig nach so langer Fahrt!"

Er war sich nicht sicher, ob er einen Fehler beging, indem er diesen Neuankömmling einlud. Aber irgendwie wirkte der Journalist wie jemand, dem man vertrauen konnte, und er gehörte zu seinem Volk. Außerdem war er ein wenig neugierig auf diesen Menschen.

Wann verirrte sich schon mal ein Jude aus Schweden nach Reepenstein.

Stern zögerte einen Moment. Graue Haare, registrierte er. Er hat graue Haare, sehr dicht und rechts gescheitelt. Die Nase leicht geschwungen und schmal. Die Augen dunkelbraun mit buschigen Augenbrauen überschattet. Dann ein Mund, der viel Sanftheit und gute Worte versprach, ein Mund, der auf die Lasten des Lebens keine Klagen abgeben wollte. Die Augen leuchteten und spiegelten sich in der Morgensonne voller Hoffnung und Erwartung. Gösta Stern war gespannt, was kommen würde.

Irgendwie, überlegte er, könnte dieser Samuel Schneider vielleicht eine gewisse Ähnlichkeit mit seinem Vater haben. So müsste sein Vater vielleicht heute aussehen. Doch er versuchte diesen Gedanken sofort wieder zu verdrängen. Sein Vater hatte seine Mutter und ihn verlassen, als er zwölf Jahre alt war. Er wollte jetzt nicht über seinen Vater nachdenken. Das tat einfach nur weh. Gösta Stern vermisste seinen Vater.

Vater - was ist das überhaupt für ein Begriff. Vielleicht gibt es Männer, die zu ihrem Wort stehen. Die nicht aus Feigheit oder Bequemlichkeit fliehen, oder weil ihnen eine andere Frau plötzlich besser gefällt.

Vielleicht gibt es sogar welche, die treu sein können bis in den Tod, trotz aller Widerstände, die das Leben so schwer machen können.

„Ich nehme ihre Einladung gerne an", sagte er laut zu dem Alten.

„Vielen Dank!"

Samuel Schneider lächelte kaum merklich und reckte sich ein wenig, so dass sich die Schultern leicht strafften und seiner Gestalt eine gewisse Würde und Festigkeit verliehen. Er schien sehr zufrieden zu sein mit der Entscheidung des Journalisten.

„Es ist nicht weit", versicherte er. „Sie können ihr Auto hier stehen lassen." Die beiden gingen schräg über den Parkplatz, vorbei an einem kleinen Eichenwäldchen, das den Parkplatz zur Straßenseite hin abschirmte.

Die Eichen passen eigentlich nicht hier hin, überlegte der Journalist. Zu gewaltig, zu alt und hoch, Efeu umrankt, mit vielen unruhigen Armen. Sie wirken abwehrend und bedrohlich. „Reepenstein ist kein besonderer Ort. Er ist sicherlich vergleichbar mit vielen anderen Orten in dieser Region. Es gibt Positives und Negatives. Vielleicht ist er eher ein positives Spiegelbild der Geschichte im Vergleich zu so vielen anderen Orten in Deutschland. Er sagt einiges über das Geschehen in unserem Land. Wie es war, wie es ist und wie es sein wird", versuchte Schneider Reepenstein zu beschreiben. Schneider bemerkte den fragenden Blick des Journalisten.

„Dieser Ort hat keine Zukunft mehr", fügte er ganz unvermittelt mit gedämpfter Stimme hinzu.

„Ich empfinde es jedenfalls so. Die Vergangenheit hat uns wieder eingeholt. Doch kommen Sie in mein Haus. Ich werde versuchen, Ihnen alles erklären."

Sie umrundeten das Eichenwäldchen.

„Vieles habe ich aufgezeichnet. Es gibt ein paar Tagebücher."

Er überlegte, wie er fortfahren sollte.

„Immer wieder habe ich Notizen gemacht. Mitunter nur ganz kurz. Es verging kaum ein Tag, über den ich nicht ein paar Gedanken zu Papier gebracht habe. Dinge von großer Tragweite habe ich natürlich umfänglicher notiert. Vielleicht Antworten auf viele Fragen. Es wird Sie interessieren. Sie brauchen doch Argumente."

Stern nickte ein wenig gedankenverloren.

„Begonnen habe ich mit den Aufzeichnungen ein paar Jahre nach Sandbostel. Die Zeit davor habe ich aus der Erinnerung notiert", fügte Samuel Schneider hinzu.

„Erinnerung kann eine Last sein. Sie ist die eigentliche Last der Geschichte. Sie macht die Gegenwart mitunter so unübersichtlich, so beängstigend. Wenn man genau hinsieht, muss man erkennen, dass alles schon einmal dagewesen ist. Nichts Neues unter der Sonne könnte man meinen. Die Erinnerung ist rücksichtslos. Sie drängt sich immer wieder unmittelbar und dreist in die Gegenwart. Man wünscht sie nicht. Jedenfalls nicht die schmerzhaften Erinnerungen. Man will sie nicht. Doch dann fängt sie an zu quälen, als ob sie ihre Freude daran hätte."

Gösta Stern nickte bestätigend und beschloss, aufmerksamer zu sein.

Laut sagte er: „Ich werde Ihnen gerne zuhören. Für jede Information, die meinem Auftrag dient, bin ich dankbar. Auch für Aufzeichnungen und Notizen." Er bemerkte bei sich selbst, dass der alte Jude eine gewisse Spannung und Neugier in ihm angezündet hatte.

„Kein Leben und kein Ort auf dieser Welt ist ohne Geschichte.", fügte ermunternd hinzu.

„Glauben Sie mir, ich bin sehr interessiert an dem, was die Geschichte über Reepenstein zu berichten hat."

Sie hatten Schneiders Haus erreicht. Es lag Efeu bewachsen nur wenige Meter vom Fußweg entfernt. Der kleine Vorgarten wurde von Rosen, Ringelblumen und Vergissmeinnicht geprägt, die mit ihrem zarten Blau in einem wehmütigen Kontrast zu den mit Stacheln bewehrten dunkelroten Rosen standen. Der kleine Balkon, den man offensichtlich später angebaut hatte, verlor seine kantigen Züge durch die Efeuranken, die girlandenartig in grüner Unregelmäßigkeit über den Rand des Balkons nach unten hingen und leicht im Wind hin und her pendelten.

„Kommen Sie nur!", forderte Schneider seinen Gast auf.

Er stieß die kleine eiserne Pforte zum Vorgarten mit dem Fuß auf und schritt voraus, um die Eingangstür zu öffnen. Zweiflüglig, in der oberen Hälfte geschliffene Glasfenster zwischen leicht geschwungenen parallelen Fensterrahmen. Grün gestrichen, mit weiß abgesetzten Rahmenkanten. Sie traten ein und schon im Hausflur gab Samuel Schneider eine weitere Erklärung ab.

„Wissen Sie, mein Herr. Es hängt alles irgendwie mit Legumind und mit dem Reykafelsen zusammen. Obwohl man keinesfalls damit den Anfang oder den Schlusspunkt erfasst hätte. Geschichte bleibt nicht stehen, sie lässt sich nicht einfrieren oder zementieren. Geschichte ist lebendig und scheint keinen Anfang und kein Ende zu haben", erläuterte er.

„Auch kann man sie nicht auf eine einzelne Person oder auf ein einzelnes Objekt begrenzen. Zum Beispiel auf einen Felsen, auf dem die Sachsen ihren Göttern die Opfer geschlachtet haben. Geschichte geht einfach weiter. Man kann sie nicht festmachen. Nicht an der Person Legumind, nicht am Reykafelsen. Sie setzt sich fort, dynamisch, Zeit ausfüllend und ist am Ende immer das Ergebnis des heutigen und des morgigen Tages." Schneider machte eine kleine Pause und fuhr dann fort: „Reepenstein ist ein schöner Ort und es schmerzt unendlich, miterleben zu müssen, wie sich die Zukunft in der Vergangenheit verliert."

Schneiders Stimme klang belegt.

„Sie müssten eine Zeit lang hier leben und versuchen, die Menschen kennen zu lernen. Doch bitte, kommen Sie mit ins Wohnzimmer. Vielleicht können wir erst einmal zusammen einen Tee trinken. Es ist Ihnen doch recht?"

Ohne Sterns Zustimmung abzuwarten, ging er durch den etwas muffig riechenden, mit antiken Möbeln bestückten Hausflur auf eine Tür zu, die offensichtlich in das Wohnzimmer führte. Er öffnete sie und bat den Journalisten mit schlichter Geste einzutreten.

„Bitte setzen Sie sich!"

Der Jude zeigte auf drei hochbeinige Sessel, die um einen mit Intarsien verzierten, ebenso hochbeinigen Teetisch standen.

„Machen Sie es sich bequem. Ich werde Sarah bitten, uns den Tee zu servieren. Sarah ist unsere Tochter. Meine Frau Amalie und unser Sohn Joschko befinden sich auf dem Wege nach Israel, deshalb kann ich sie Ihnen nicht persönlich vorstellen."

Nach kurzer Zeit kam Samuel Schneider wieder und setzte sich zu dem Journalisten an den Teetisch.

„Wissen Sie, Herr Stern, die Sache mit Reepenstein steht in einem furchtbaren Zusammenhang mit dem Opferstein, dem Reykafelsen.", fuhr er fort.

„Das Blut unschuldiger Opfer ist von ihm in die Reyka geflossen. Legumind konnte in der Gnade der Vergebung seinen Frieden finden. Dadurch war für ihn die Umkehr möglich. Wo findet heute der Hass gegen die Juden seine Grenze. Unschuldige Juden hat man in den Tod gegeben, ohne Erbarmen, ohne Gnade. Kann sich das wiederholen? Sind die ewig Gestrigen immer noch da und wollen zurück in die Vergangenheit?"

SARAH SCHNEIDER

Als Sarah Schneider in die Wohnstube kam, um den Tee und belegte Brote zu servieren, ergriff ihr Lächeln Gösta Sterns Herz. So hatte er sie nicht erwartet, als Samuel Schneider seine Tochter erwähnte. Ihre dunkelgrünen Augen trafen ihn wie eine Feuerflamme. Langes, blondes Haar umrahmte ein schmales, ebenmäßiges Gesicht. Die hohe Stirn verlieh ihr eine besondere Würde. Dunkle Augenbrauen zeichneten sich in leichtem Halbrund über den mandelförmigen Augen ab. Die schmale, leicht geschwungene Nase stand in einem gewissen strengen Kontrast zu den vollen, weichen Lippen, deren Rot ihn an die Rosen im Vorgarten erinnerten. Was für eine schöne Frau, fuhr es ihm durch den Sinn.

Sie bemerkte seinen prüfenden Blick und verschloss ihr Lächeln. Ihre schlanke Gestalt straffte sich und ein Schatten glitt über ihr Gesicht. Kühl und unnahbar wirkend, fragte sie mit unpersönlichem Tonfall:

„Mögen Sie Milch in den Tee?"

„Sehr gern!"

Gösta Stern lächelte sie an und seine braunen Augen verrieten ihr nichts Böses. Der Schatten verschwand aus ihrem Gesicht. Sie lächelte zurück. Dabei zeichneten sich kleine Grübchen in ihren Wangen ab.

„Ich bringe Ihnen gleich die Milch", sagte sie und verschwand aus dem Raum. Als sie dann zu dritt frühstückten, erzählten sie einander ihre Geschichten und stellten fest, dass ihre Wurzeln im Stamme Juda lagen.

Der Stamm, von dem auch Jesus Christus kam, der Messias. Allen Dreien war er längst schon zur Brücke zum Vater geworden, dem allmächtigen Schöpfer, Himmels und der Erde. Gösta Stern konnte Jeschua in Schweden annehmen – an ihn glauben.

„Er ist mein Gott und Erlöser!", bekannte er dankbar.

„Bleiben Sie doch einfach eine Zeit lang unser Gast", ermutigte Samuel Schneider den Journalisten.

„Sie sind willkommen, so lange zu bleiben, wie Sie wollen." Gösta Stern blickte überrascht auf. Nach einer kurzen Pause willigte er ein.

„Sehr gern, ich bleibe gern bei Ihnen. Das erleichtert natürlich meine Möglichkeiten, Recherchen über diesem Ort anzustellen."

Etwas verstohlen sah er zu Sarah hin und bemerkte ihre Offenheit für den Vorschlag ihres Vaters. Ein leichtes Lächeln umspielte ihre Mundwinkel. Alle Unnahbarkeit schien von ihr gewichen zu sein.

„Ich werde Ihnen später Ihr Zimmer zeigen", schlug sie vor, „es liegt zur Südseite. Um die Mittagszeit ist es voller Licht und Sonne. Es wird Ihnen sicherlich gefallen."

Gösta erwiderte ihr Entgegenkommen mit einem freundlichen Blick. Er versuchte ihre Augen zu erreichen. Diesmal wich sie ihm nicht aus. Gösta spürte ein Gefühl in seiner Brust, das ihm sehr lange nicht widerfahren war. Sie ist eine wunderschöne Frau, stellte er wiederum fest, und er überlegte, wie er ihr Herz erreichen könnte.

Wie in einem Schnelldurchlauf fielen ihm all die Begegnungen und Abenteuer mit den Frauen ein, die sein Leben geprägt hatten. Keine hat mich so direkt und unmittelbar ergriffen, wie die Begegnung mit dieser Frau, dachte er.

Ich muss sie näher kennen lernen, nahm er sich vor, und ich darf die alten Fehler nicht wiederholen. Wie viel hatte er selbst in seiner oftmals ungeduldigen und ungerechten Art zerstört an Beziehung und Gemeinschaft. Diesmal muss es die Liebe sein, die nicht zweifelt, die alles erträgt, alles glaubt und alles hofft. Er wünschte es sich so sehr. Dabei fiel ihm ein kleiner Vers ein, den er einmal irgendwo gelesen hatte:

> Schaut man auf
> des Lebens Siege,
> bleibt am Ende
> nur die Liebe,
> die empfangen
> und verschenkt
> weder Herz
> noch Seele kränkt.

DER AUFTRAG

Alles braucht seine Zeit und was im Verborgenen geschehen soll, das braucht noch mehr Zeit. Wenn das Verborgene aus der Finsternis ins Licht kommt, dann hat es keine Chance mehr, dann wird das Licht die Finsternis strafen. Doch bei diesem Plan ging man davon aus, dass nichts bekannt werden wird. Deshalb brauchten die Vorbereitungen mehr Zeit als gewöhnlich. Barnaski hatte irgendwann herausgefunden, dass der Anführer der Gruppe 666 Olaf Wichern hieß. Ein korrekter, gut gekleideter, leitender Bankangestellter. Er hatte sich Zeit seines Lebens für die Geschichte Adolf Hitlers und den Bestand des deutschen Volkes begeistert. Dazu kam ein sehr starker Hang zur Mystik des Germanenkultes. Für einen Achtundzwanzigjährigen in seiner Position hatte er natürlich darauf zu achten, dass seine Einstellung möglichst moderat weitergegeben wurde. Er durfte nicht den Verdacht erregen, gegen Juden oder andere Ausländer feindselig eingestellt zu sein.

Doch man kam sich näher. Im Biergarten, auf dem Sportplatz, im Fitness-Center, im Karate-Club, ja selbst in den Weiterbildungskursen für Führungskräfte seiner Bank. Zunächst ein Wort, leicht dahingesagt. Doch dann detaillierter, unverblümter. Man merkte schnell, zu wem man deutlicher reden konnte.

„Wir Deutschen müssen uns nicht verstecken! Wir lassen uns nicht mehr die Schuld der Vergangenheit aufpfropfen. Auschwitz war eine Lüge."

Dumpf und kritiklos wurde abgenickt.

„So etwas wird nur zu propagandistischen Zwecken gegen Deutschland vom Weltjudentum benutzt. Was ist denn aus unserem Land geworden mit all dem Ausländergesocks. Deutschland verkommt. Wenn man genau hinsieht, dann sind es wieder die Juden. Sie sind unser Unglück. Sie beherrschen und lenken unser Land. Aus Amerika. Aus Israel. Es ist die gleiche Geschichte wie damals unter Adolf Hitler. Wir müssen dagegen angehen und unser Schicksal selbst in die Hand nehmen. Wir werden streiten und kämpfen und siegen. Für Deutschland und für die Deutschen!"

Junge, dynamische Aktivisten.

„Wir werden im Verborgenen kämpfen und der Sieg wird sichtbar werden."

Tim Schuster bot seinen ausgebauten Dachboden an. Eichenmöbel. Ein großer Tisch, ovalförmig. Platz für zehn Personen. Der Eingang im Hinterhof. Erst waren sie fünf, dann sieben. Schließlich neun.

„Einigkeit und Recht und Freiheit für das deutsche Vaterland und natürlich Deutschland, Deutschland über alles!"

Eine verschworene Gemeinschaft, die sich verpflichtete für Deutschland aus dem Geheimen heraus zu leben und zu kämpfen. Alles, was zum aktiven Terror im Verborgenen benötigt wurde, war leicht zu beschaffen. Aus dem Internet. Aus Büchern und dem Wissen der alten Kämpfer in der Wehrmacht, oder aus den Erfahrungen, die man selbst beim Dienst in der Bundeswehr gesammelt hatte.

Der Adrenalinspiegel wurde erheblich gesteigert, beim Schießen in der Hasenheide mit den nicht angemeldeten Waffen, oder beim Werfen eines Molotow-Cocktails gegen einen zentnerschweren Feldstein. Die gemeinsamen Treffen wurden mit Liedern der Wehrmacht, Schießübungen am Computer, Hasstiraden auf Juden und Ausländer und taktischen Überlegungen gegen die Feinde des deutschen Volkes ausgefüllt. Dabei verbrämten sie die Vorsehungen eines Adolf Hitlers mit ihren okkulten Neigungen. Bislang rechneten sie mit der Macht des Satans, der ihnen den Kontakt zum Führer des *III. Reiches* herstellen sollte. Von ihm wollten sie Führung und Impulse für ihr Handeln erhalten.

Barnaski fiel nicht auf, als er in der Bank Olaf Wichern aufsuchte und sich nach den neuesten Konditionen für einen Baukredit erkundigte. Die Baukonjunktur hatte in Reepenstein kaum Einbrüche erlebt. Dafür lag der Ort einfach zu günstig. Eben ideal zum Wohnen und zum Erholen, wenn man am Abend müde und erschöpft von seiner Arbeit aus Hamburg oder Bremen nach Hause zurückkehrte.

Am Ende des Gesprächs blickte er Wichern eindringlich an. Olaf Wichern runzelte die Stirn: „Haben Sie noch eine Frage?"

Barnaski lächelte.

„Das nicht. Nur eine Bitte. Es möchte Sie jemand treffen. Heute Abend um dreiundzwanzig Uhr. Am Reykafelsen. Es geht um Deutschland. Werden Sie kommen?"

Olaf Wichern zögerte kurz und nickte dann unmerklich.

„Ich muss über Ihre Frage nachdenken. Wenn es um Deutschland geht, dann bin ich interessiert. Vielleicht werde ich kommen", flüsterte er halblaut.

Der Weißdorn und die Kirschbäume zeigten ihre weiße Blütenpracht in diesem Jahr schon Ende April. Wann hatte es das schon einmal gegeben, dass so viele Sonnentage den Monat April erwärmten? Die Bienen, Wespen und Hummeln mühten sich fleißig von Blüte zu Blüte. An diesem Montag war der Himmel bedeckt. Dunkle Wolken schoben sich von Westen her immer weiter ins Land hinein. Doch schon bald klarte es wieder auf, ohne dass es einen befreienden Regenschauer gegeben hätte. Am späten Abend senkten sich die Schatten der Nacht über Reepenstein. Olaf Wichern schaute auf die Uhr. Noch eine gute halbe Stunde, dann würde er den Unbekannten am Reykafelsen treffen. Erwartungsvoll schlenderte er an der Reyka entlang und hing seinen nationalen Gedanken nach. Die Opferstätte wurde auch von seinen Leuten verehrt. Hatten sich doch dort die Sachsen tapfer unter ihrem Anführer Legumind gegen die feindlichen Eroberer gewehrt. Widerstand geleistet. Ein Sinnbild wahrhaften Deutschtums. An jedem 20. April versammelten sie sich an dem Opferfelsen, um des größten Deutschen zu gedenken: Adolf Hitler. Wer hatte Deutschland innerhalb von gut zwölf Jahren zu größerem Ruhm verholfen und dem germanischen Gedanken seiner eigentlichen Bestimmung so nahe gebracht?

Wer hatte es jemals gewagt, dem Weltjudentum so konsequent und zielgerichtet entgegenzutreten? Es war der *Führer*!

Der junge Mann glaubte daran, dass Deutschland eine neue Chance bekommen wird, zu neuem Ruhm und neuer Größe aufzusteigen. Die Mächte der germanischen Götter und die Kräfte der Finsternis werden Deutschland aus dem Raum der Bedeutungslosigkeit als Führungsmacht in Europa emporheben. Dessen war er sich sicher. Dafür wollte er kämpfen und alles einsetzen.

Er näherte sich langsam dem Reykafelsen. Schemenhaft erkannte Olaf Wichern eine Gestalt, als er sich der Opferstätte näherte. Die Reyka gluckste und gurgelte im Hintergrund und stürzte sich schäumend und braunmoorig brodelnd über das Stauwehr hinunter in den tiefer gelegenen Teil des Flusses.

„Ich habe Sie erwartet", sagte die Gestalt am Reykafelsen, als Olaf Wichern vor ihr stand.

„Es ist gut, dass Sie gekommen sind; denn es ist Zeit. Die Zeit drängt. Wir müssen handeln."

„Wer sind wir?", fragte der Anführer der Gruppe *666*.

„Menschen, die das geistige Erbe des Führers Adolf Hitler in sich tragen und die für Deutschland kämpfen und sterben wollen."

„Wie heißen sie?", wollte Olaf Wichern wissen. Er versuchte die Person zu erkennen. Doch es war schon zu dunkel und der Mann hatte sich mit Baskenmütze und Sonnenbrille gut getarnt. Ihm fiel der Vollbart auf. Irgendwie kam ihm die Stimme bekannt vor.

„Fragen Sie mich nicht nach meinem Namen. Doch seien sie versichert, dass ich hundertprozentig auf ihrer Seite stehe. Unerkannt ist es mir möglich, Sie zu schützen, zu stützen und zu fördern. Nennen Sie mich *Sturm* und halten nur Sie allein den Kontakt zu mir. Keinerlei Hinweise an Ihre Kameraden."

„Was ist Ihr Ziel, Ihre Absicht?", fragte Wichern weiter. Sein Gegenüber schwieg eine Weile.

„Mein Ziel ist der Kampf und der Sieg für Deutschland!", brachen die Worte aus dem Vollbart hervor.

„Dazu gehört, dass wir in Reepenstein beginnen. Als Signal, als Fanal für alle Mitstreiter, die Deutschland wieder groß und mächtig haben wollen. In Reepenstein gibt es immer noch einen Juden, einen reinrassigen Juden. Samuel Schneider. Er beschmutzt mit seiner Gegenwart diesen Ort und hat ein Leben lang Blutschande mit einer deutschen Frau betrieben. Mit einer Arierin. Einer Tochter unseres Volkes."

Der Mann unterbrach seinen Redefluss für einen Moment. Dann kamen die Worte, klar und unmiss-verständlich.

„Er hat kein Recht, in diesem Land und an diesem Ort zu leben. Handeln Sie! Von meiner Seite aus werden Sie jede mögliche Unterstützung erfahren. Mit den Juden fangen wir an und die Muslime nehmen wir uns auch noch vor. Sie herrschen mehr und mehr und wollen ihren Gottesstaat in unserem deutschen Land errichten. Die werden sich wundern." Die Baskenmütze schwieg, drehte sich ohne weiteren Kommentar um, und ging langsam davon.

Olaf Wichern schaute ihm noch eine Weile nach. Wie ein heißer Strom hatten ihn die Worte des Bärtigen durchdrungen. Worte, die er schon lange in seinem Herzen bewegt hatte. Doch in dieser Deutlichkeit hatte er sie noch niemals ausgesprochen. Er blickte noch eine Weile auf den Reykafelsen.

Visionär erhob sich eine Flamme von seiner Fläche, die lodernd in die Dunkelheit hineinragte. *Deutschland erwache!* Diese zwei Worte brannten sich in sein Herz ein. Dann wanderte auch er in entgegengesetzter Richtung davon. Auf dem Rückweg überlegte er sich, wie der Name Samuel Schneider endgültig aus dem Register dieses Ortes gestrichen werden könnte.

ENDE APRIL

Ende April saß Samuel Schneider mit dem Journalisten Gösta Stern und seiner Tochter Sarah am Nachmittag im Garten und genoss den Sonnenschein mit Butterkuchen, Tee und Kaffee. Der Rotdorn und die Kirschbäume konkurrierten in ihrer Blütenpracht mit den Narzissen und den Tulpen. Der saftiggrüne Rasen war mit gelbem Löwenzahn und weißen Gänseblümchen durchsetzt. Die Meisen mühten sich eifrig um ihren Nachwuchs und irgendwo sorgte eine Lerche jubilierend für Festtagsstimmung.

Am gestrigen Abend hatte Amy angerufen. Sie war begeistert von der Schönheit Jerusalems.

„Wir werden in der Nähe des Jaffa-Tores wohnen. Golden glänzt die Stadt in der Nachmittagssonne und silbern im Mondschein bei Nacht", schwärmte sie am Telefon.

„Joschko ist genauso ergriffen. Wir freuen uns so sehr auf euch, und dass wir gemeinsam diese Stadt noch genießen werden."

Samuel war voller Dankbarkeit. Jerusalem, der Traum seiner alten Tage. Jetzt wird er in Erfüllung gehen.

In Gedanken versunken, bemerkte er nicht, dass Sarah und Gösta sehr dicht beieinander saßen. Jede zarte Berührung mit den Händen, wenn sie dem Schweden die Tasse nachfüllte und das Aufleuchten in den Augen dieser beiden Menschen, entging ihm. Sarah und Gösta hatten sich ineinander verliebt.

Sie konnten es nicht fassen, nicht begreifen.

Der Funke der Liebe war von einem zum anderen so kraft- und machtvoll übergesprungen. Doch wer kann das schon, wenn die Liebe zwei Menschenherzen zueinander führt. Sie ist nicht planbar, diese Liebe und nicht organisierbar. Sie kommt wie der Wind, der in den Haselnussbüschen raschelt. Plötzlich ist sie da, ohne Anmeldung und Vorbereitung, und ein Gefühl des Glücks fließt von den Haarspitzen bis zu den Fußspitzen wie ein unaufhaltsamer Strom.

GÖSTA UND SARAH

An diesem 30. April wehte ein kräftiger Wind, der die Blütenblätter aus den Kirsch- und Apfelbäumen rupfte und die Bürgersteige weiß sprenkelte. Gösta Stern und Sarah Schneider wanderten am späten Nachmittag Hand in Hand die Reykaniederungen entlang und blickten sich immer wieder an mit einer Liebe, die keine Worte zu finden schien. Dann blieben sie stehen, streichelten und küssten sich und flüsterten einander zu:

„Ich liebe dich!"

Gösta und Sarah waren von einer innigen Gewissheit durchdrungen. Wir haben einander gefunden. Es war einfach über sie gekommen. Unerwartet und doch so wunderbar schön. Sie wanderten abseits des Ortes auf stillen Wegen und freuten sich, wie der Wind die schon gelb gewordenen Rapsfelder in ein wogendes Meer verwandelte. So viele Gedanken schossen ihnen durch den Kopf.

„Müssen wir unsere Vergangenheit voreinander rechtfertigen?", fragte Sarah plötzlich.

„Was müssen wir einander noch sagen?"

Ihre Gesichter wirkten betroffen, fast ein wenig ängstlich. Hatte doch jeder von ihnen seine Vorgeschichte, die nicht spurlos an ihnen vorübergegangen war.

Gösta schüttelte den Kopf.

„Es gibt da nichts zu rechtfertigen. Unsere Vergangenheit liegt in Gottes Hand und unsere Zukunft auch." Er lächelte sie zärtlich an und drückte sie ganz fest an sich.

„Diese überraschende und plötzliche Liebe, mit der wir zueinander gefunden haben. Das kann nur das Werk des Allmächtigen sein, dem wir uns auf ewig verbunden fühlen. Ihm danken wir. Es ist ein Wunder. Sarah, ich liebe dich. Du bist meine Zukunft."

Sie schlang ihre Arme um seinen Hals und küsste ihn immer und immer wieder. Dann schlenderten sie weiter.

Worte der Treue und Liebe aus dem Buch Rut durchdrangen ihre Gedanken. Gemeinsam zitierten sie:

„Wo du hingehst, da will auch ich hingehen; wo du bleibst, da bleibe ich auch. Dein Volk ist mein Volk, und dein Gott ist mein Gott. Wo du stirbst, da sterbe ich auch, da will ich auch begraben werden. Der Herr tue mir dies und das, nur der Tod wird mich und dich scheiden."

Sie hielten einander fest an den Händen und blickten sich in die Augen.

„Es ist nicht mehr so wichtig, was gestern war. Gott hat uns zusammengestellt für die Zukunft. Wir werden für immer zusammenbleiben. Und heute ruft mein Herz immerzu: Sarah, ich liebe dich!"

Sarah schlang ihre Arme abermals um seinen Hals und küsste ihn auf den Mund, auf die Wangen, auf die Stirn und auf die Augen.

„Ich liebe dich so sehr?", flüsterte sie zwischen den Küssen, und ich werde dich immer lieben."

Dann standen sie ganz still, und hörten die Nachtigall.

Nach einer Weile wanderten sie weiter.

Hand in Hand der untergehenden Sonne entgegen, immer weiter in die Dunkelheit hinein, die sie wie ein schützender Mantel umgab. Die Zeit war für sie so bedeutungslos geworden. Sie hatten einander und waren beieinander. Allein das zählte im Moment und war wichtig. Die Stunden gingen dahin.

„Ob Vater auf uns wartet?", fragte Sarah plötzlich, nachdem sie das Ende eines Feldweges erreicht hatten.

Es war sehr dunkel und spät geworden. Eine unerklärliche Unruhe hatte sie ergriffen.

„Wir werden langsam nach Hause gehen. Vielleicht kann ich deinem Vater noch ein paar Fragen stellen über sein Leben und seine Erfahrungen in Reepenstein", überlegte Gösta laut, „falls er nicht schon schläft."

Sie machten beide eine Kehrtwendung, ergriffen sich wieder bei den Händen und wanderten nach Osten, wo ihnen in der Ferne, die mit hellem Licht angestrahlte Kirchturmspitze der Legumindkirche das Ziel vorgab.

AM ZIEL

An diesem 30. April wusste sich Gerhard Eckepreg nahe am Ziel oder besser, am Anfang seiner bösen Träume und Wünsche. Der Sturm wird losbrechen über Reepenstein, und er wird sich weiterbewegen. Von Ort zu Ort. Von Stadt zu Stadt. Über das ganze deutsche Land. Dafür werde ich leben, kämpfen und sterben. Via Internet werden alle Gruppen informiert und miteinander kommunizieren.

Heute ist die Stunde der Finsternis, die den Teufel mit seinen Gefährten hervorbrechen lassen wird. Ich werde das Vermächtnis meines Vaters erfüllen. Obersturmbannführer Walter Eckepreg. Den Hass, den er gegen das Volk der Juden und anderen *Nichtariern* in sich trug, das wird mein Hass sein. Deutschland muss wieder rein werden. Das Parasitenübel muss ausgemerzt werden. Es gibt keinen anderen Weg. Nur der gemeinsame Hass gegen dieses Übel kann zum Sieg führen.

Gerhard Eckepreg stand mit Josef Barnaski etwas unterhalb der Legumindkirche. Barnaski hatte die Makarow Pistole, die er dem niedergeschossenen Genossen Hauptmann Konrad Krause abgenommen hatte, in der Tasche. Eckepreg hielt die 08-Pistole seines Vaters in der Manteltasche. Wehmut und Stolz ergriffen ihn gleichermaßen bei dem Gedanken, dass sein Vater diese Pistole selbst mit seinen Fingern umklammert hatte.

Wie ein Stück von meinem Vater, dachte er. Damit hat er dem Führer gedient und vielleicht sogar räudige Juden umgelegt.

„Von hier aus können wir gut das Haus von dem Schneiderjuden einsehen", stellte Barnaski fest. „Bin gespannt, wie die Gruppe *666* ihren Auftrag lösen wird." Eckepreg schaute auf die Uhr.

„Gleich zweiundzwanzig Uhr. Noch eine gute halbe Stunde. Wir werden den Abend genießen." Der Stadtdirektor grinste leicht vor sich hin.

Samuel Schneider befand sich gegen zweiundzwanzig Uhr fünfundzwanzig in der Küche. Nachdem er lange im Garten gewesen war und in seinen Gedanken und Tagträumen schon längst durch die Straßen Jerusalems wanderte, bereitete er sich ein kleines Nachtessen vor. Sarah und Gösta werden sicherlich auch gleich kommen, überlegte er. Eigentlich ein netter, junger Mann. Vielleicht finden sie aneinander Gefallen. Der Jude aus Schweden und seine Sarah. Das Alter für einen Ehestand und eine Familie hätten sie ja beide. Samuel Schneider schmunzelte in sich hinein. Meinen Segen werde ich ihnen geben.

Nachdem er sich ein paar Brote belegt hatte, fiel ihm ein, dass er sich noch etwas Milch zum Trinken aus dem Kühlschrank holen könnte. Er stand auf und kam mit der Milchtüte und einem Glas zurück. Als er sich am Küchentisch noch im Stehen das Glas vollschenkte, hörte er ein Klirren und ein gewaltiger Schlag traf ihn an der Schläfe. Die Milchtüte fiel ihm aus der Hand, und er fiel wie ein gefällter Baum auf die kalten Küchenfliesen.

Er bekam nicht mehr mit, wie drei brennende Molotow-Cocktails durch das zerbrochene Küchenfenster flogen und auf dem Küchenboden zerplatzten.

Im Nu griffen die Flammen nach allen Seiten und fraßen sich in Windeseile an den Wänden hoch, durch das Dach und zu den anderen Zimmern. Nichts blieb von ihnen verschont. Innerhalb von knapp fünfzehn Minuten stand das ganze Haus in hellen Flammen. Am Ende ließen sie von ihrem Opfer auf dem Küchenfußboden nur wenig übrig.

Die Seele und der Geist Samuel Schneiders hatten sich schon wenige Sekunden nach dem gezielten Steinwurf aus seinem Körper gelöst. Sein Körper war tot. Der Geist-Seele-Leib schwebte noch eine kurze Zeit über dem Geschehen. Er konnte die jungen Männer erkennen, die den Stein und die Molotow-Cocktails geworfen hatten. Er sah, wie sie fluchtartig den Tatort verließen. Selbst Eckepreg und Barnaski konnte er wahrnehmen, die abseits vom brennenden Haus hinter den Büschen standen. Er hörte die mit Sirenengeheul herannahenden Feuerwehrfahrzeuge.

Doch dann entfernte sich der Geist-Seele-Leib Samuel Schneiders von dem Ort des Geschehens in eine raum- und zeitlose Gegenwart, in der er etwas anderes, etwas völlig Neues wahrnahm. Eine Lichtgestalt mit ausgebreiteten Armen kam ihm entgegen. Er eilte auf sie zu. Je näher er kam, umso vertrauter erschien ihm die Gestalt. Dann stand er vor ihr. Ein einziges, mächtiges, wunderbares Wort durchdrang seine Seele und seinen Geist.

Jesus Christus, Jeschua Hamaschiach, der Auferstandene und der Lebendige! Von ihm wurde er in die Arme genommen, ganz umschlossen und geborgen, voller Frieden und Liebe, für alle Ewigkeit. Er war am Ziel.

Am nächsten Tag konnte man im Reepensteiner Anzeiger lesen, dass das Haus der Familie Schneider völlig ausgebrannt sei. Eine Ausbreitung des Feuers konnte verhindert werden. Der Hausbesitzer, Samuel Schneider, sei in den Flammen umgekommen. Er sei bis zur Unkenntlichkeit verbrannt. Die Brandursache werde noch näher untersucht. Es könnte sich dabei vermutlich um einen Kurzschluss gehandelt haben, der das Feuer ausgelöst hat. Offensichtlich habe es sich in dem schon älteren Gebäude so schnell ausgebreitet, dass die einzige Person, die sich zu dem Zeitpunkt in dem Gebäude aufhielt, keine Möglichkeit mehr hatte, sich zu retten.

Einige Tage später berichtete Barnaski seinem Chef, dass sie nun alle weg seien. Ab nach Israel. Der tote Samuel Schneider oder besser das, was von ihm übrig geblieben sei, Amalie, Joschko und Sarah Schneider, und selbst dieser Journalist aus Schweden. Barnaski versuchte die Reaktion seines Chefs zu erfassen. Doch man konnte ihm nichts in seinem Gesicht ablesen. Sie werden wohl auch nicht mehr zurückkommen. Lienecke ist autorisiert worden, allen Reepensteiner Besitz der Familie Schneider zu veräußern. In diesem Augenblick zuckte für einen kurzen Moment ein teuflisches, selbstzufriedenes Grinsen über die Mundwinkel Eckepregs. Seine Augen blieben kalt wie ehedem. Wir haben es geschafft, feixte er innerlich Es gibt keinen Juden mehr in Reepenstein. Was für ein gutes Werk!

Es ist vollbracht! Sein Vater wäre stolz auf ihn gewesen. Reepenstein ist judenfrei!

Zur Feier des Tages zündete er sich eine edle Zigarre an. Eine echte Havanna.

EPILOG

Der Terrorangriff auf das World Trade Center am 11. September 2001 in New York war schon Vergangenheit. Fast dreitausend Tote. Ebenso der Amoklauf eines neunzehnjährigen Schülers an einem Gymnasium in Erfurt am 26. April 2002. Siebzehn Tote! Der Irakkrieg, in dem Menschen aus vielen Nationen und dem Land selbst, Soldaten wie Zivilisten, ihr Leben verloren und noch verlieren. Anna Lindh, die am 11. September 2003 an den Messerstichen starb, die ihr ein fünfundzwanzigjähriger junger Mann bei einem Kaufhausbesuch in Stockholm zugefügt hatte. Fast zweihundert Tote bei den Sprengstoffattentaten in Madrid im März 2004. Im Juli 2011 kamen bei den Anschlägen durch den 32-jährigen Norweger Anders Behring Breivik in Oslo und auf der Insel Utøja 77 Menschen ums Leben. Eine beispiellose Mordserie rechtsradikaler Gewalt durch die Zwickauer Zelle, eine zum nationalsozialistischen Untergrund (NSU) gehörende Terrorzelle. Zehn Mordopfer. Wer wurde vergessen? Tod und Verderben zwischen Israel und den Palästinensern. So viele, so unendlich viele namenlose Opfer!
Ach ja, natürlich Samuel Schneider.
Kain erschlägt immer noch seinen Bruder Abel. So, wie das Licht sich aus der Finsternis zurückzieht, so kommt die Nacht, kalt und dunkel, auf leisen Sohlen, über Deutschland. Wird das Blut der vielen wiederum zum Himmel schreien oder ist *das Blut des Einen* mächtiger?

ER, der alle Schuld vergibt durch sein Blut und denen hilft in der Not, die zu ihm rufen und schreien!

„ER wird aufheben die Schmach seines Volkes in allen Landen!" (Jesaja 25,8)

Wie ein klar abgezeichneter Scherenschnitt hob sich die gezackte Silhouette des Mischwaldes vom schwarzblauen Nachthimmel ab. Einige hellere Himmelsflecken im Osten schienen sich miteinander zu vereinen, um das Herannahen des frühen Morgens anzukündigen. Es dauerte keine Stunde mehr, bis das Licht die Finsternis verdrängt hatte und die ersten Sonnenstrahlen zaghaft über den Horizont tasteten.

Als Gösta Stern mit dem wenige Wochen alten Samuel auf dem Arm über die grüne taufeuchte Rasenfläche stakste, lächelte ihn der Kleine an und zappelte aufgeregt glucksend mit den Ärmchen. In das Glück des neuen Tages mischte sich bei Gösta Dankbarkeit und Freude über seinen Sohn und über seine geliebte Sarah, die noch schlief, weil sie vier Mal in der Nacht den Erstgeborenen versorgen musste.

Da, wo der Fluss sich in seinem eintönig gluckernden Gleichmaß um ihr Schwedenhaus wölbte, setzte sich Gösta mit seinem kleinen Sohn auf den höchsten Punkt der Böschung. Sie schirmte das Grundstück zum Fluss hin ab. Urzeitliche Eismassen hatten das Bett des Wasserlaufes geschaffen. Gösta sog tief die frische Morgenluft ein und ließ seine Gedanken mit dem moorigbraunen Wasser, das aus dem Vemmentorpasee drängte, dahin gleiten.

Er ließ sich von dem sonnendurchfluteten Frieden des beginnenden Tages einfangen.

Die Vögel zwitscherten unaufhaltsam ihr Jubellied in den hohen Birken und Kiefern, die sich sanft von einem leichten Wind hin- und her bewegten. Es schien, als mühten sie sich im Takt das Vogelkonzert zu begleiten. Ja, es ist ein Platz des Friedens. Fernab jeglicher Hektik und Gewalt. Wie ein Geschenk! Es ist so schwer zu verstehen, dass so viele Menschen jenseits vom Frieden leben müssen.

Vor einiger Zeit sprengte sich ein Attentäter auf dem Markt in der Jerusalemer Altstadt in die Luft. Vierundzwanzig Menschen unterschiedlichen Alters, gläubig oder ungläubig, aus Israel oder aus anderen Ländern, fanden den Tod. Orthodoxe Juden mühten sich, die Reste der zerfetzten Leichen einzusammeln. Die Vergeltung folgte auf dem Fuße. Im Gaza-Streifen zerstörten israelische Panzer Wohnhäuser. Soldaten feuerten auf Steine werfende Jugendliche und auf bewaffnete, vermummte Hammaskämpfer. Danach lagerte sich das Leid wie so oft, blutdurchtränkt und verstümmelt auf den Matratzen der Hospitäler.

Der grausame Tod macht nicht halt vor Grenzen oder Länder. Schmerz, Geschrei und Sterben ohne sinnerfülltes Leben.

Warum muss das alles so sein, fragte sich Gösta. Ist der Mensch immer nur des Menschen Wolf? Frieden ist unendliches Glück. Frieden auf Erden. Ein bisschen davon konnten sie hier in dieser abgeschiedenen schwedischen Idylle genießen. Wie lange noch?

Er schaukelte ein wenig den kleinen Samuel in der Schoßgrube, weil er jetzt zu quengeln anfing. Vielleicht sollte ich mit ihm ins Haus zurückgehen. Ob Sarah schon wach ist?

Es war wie gestern, als sie die sterblichen Überreste ihres Vaters in Jerusalem zu Grabe trugen. Es waren Tränen da. Tränen der Trauer und der Ergriffenheit, aber auch der tiefen Erschütterung. Samuel Schneider gehörte nun ebenfalls zu den vielen Millionen Brandopfern. Die anderen waren ihm vorangegangen.

Zum Abschied von diesem wunderbaren Menschen gingen sie alle noch einmal an der Grabplatte vorbei und legten einen kleinen Stein darauf ab. Der Stein als Symbol der unerschütterlichen Treue Jahwes, der Hirte und der Fels Israels.

Gösta umarmte Amalie Schneider, geborene Behrens. Tränen des Abschiedsschmerzes liefen über ihre Wangen.

„Es tut sehr weh, Gösta, die Liebe seines Lebens zu verlieren. Der Platz an meiner Seite ist jetzt leer. Doch wir werden uns wiedersehen", versicherte sie hoffnungsvoll.

Amalie und Joschko wollten Jerusalem nicht mehr verlassen. Sarah und Gösta heirateten in der Stadt des Friedens.

Bevor sie nach Schweden abflogen, segnete die Mutter ihre Tochter und ihren Schwiegersohn mit den Worten aus dem dreiundzwanzigsten Psalm und versprach, sie mit Joschko in dem Land des Nordens zu besuchen.

Dazu haben sie jetzt einen guten Grund, stellte Gösta fest.

Er ging mit seinem kleinen Jungen langsam vom Fluss zu dem roten Holzhaus zurück. Sarah kam ihm entgegen. Noch im Morgenmantel blieb sie glücklich lächelnd in der Mitte der großen Rasenfläche stehen.

Gösta kam mit dem Kind heran, legte es ihr in den Arm und küsste sie auf die Stirn.

„Jag älskar dig! Wie schön, dass ich mein Leben mit dir und unserem Kleinen hier in Schweden teilen darf. Wir werden deine Mutter und deinen Bruder einladen. Sie müssen doch endlich einmal den kleinen Samuel kennen lernen."

Sarah strahlte ihn glücklich an.

„Wie wunderbar, Gösta, wenn wir einander wiedersehen werden", freute sie sich.

Gemeinsam gingen sie ins Haus, um den Tag mit seinen großen und kleinen Pflichten fortzusetzen.

Am späten Nachmittag ging Gösta in sein Büro. Auf dem Schreibtisch lagen die drei Tagebücher seines Schwiegervaters, in die er mit feinen Schriftzügen und kurzen Stichworten die Ereignisse seines Lebens eingetragen hatte. Die Tagebücher waren in der alten, stark verkohlten Eichenkommode fast unversehrt geblieben. Er hatte sich vorgenommen, die Geschichte von Samuel Schneider in einem Buch zusammenzufassen. Als Vermächtnis und Warnung an die Lebenden. Es war ihm klar, dass er eine Vorgeschichte brauchte. Deshalb wollte er bei Legumind beginnen. Gösta strich sich gedankenverloren übers Kinn. Wird das Leben eines Samuel Schneider als Warnung überhaupt ausreichen? Es hat doch schon so viele Warnungen in dieser Welt gegeben.

AUTORENVITA

Heinz Pahl wurde 1946 in Rendsburg geboren. Nach Abschluss der Schule absolvierte er eine Maurerlehre. Als Soldat und Offizier blieb er danach acht Jahre bei der Bundeswehr. In dieser Zeit heiratete er und wohnte zunächst mit seiner Familie in München. In Kiel studierte er Sonderpädagogik und arbeitete anschließend als Lehrer. Zwischenzeitlich zog er mit seiner Familie nach Dänemark, um hier zwei Jahre an den Vorlesungen auf dem Apostolic Bible College teilzunehmen. Heinz Pahl gehört zur dänischen Minderheit in Schleswig-Holstein und lebt heute in Niedersachsen.

Weitere Bücher von Heinz Pahl unter:

www.ontherock.jimdo.com